김진만 희곡집

미상리 미상번지

김진만 희곡집

미상리 미상번지

평민사

▌작가의 글

인간은 사회적 동물이기에 가정, 학교, 직장, 지역공동체, 지방 자치단체, 나아가서 국가와 세계에 이르기까지 수많은 집단 속에서 서로 영향을 주고받으며 살아간다. 우리는 이러한 여러 사회의 주체적 구성원이지만, 때로는 거대화된 권력 앞에 무력한 개인으로 남겨지기도 한다. 이 작품은 험난한 시대를 살아온 아버지 어머니들의 이야기이지만, 이 시대 우리의 이야기이기도 하다.

강원도 화천군 상서면 미상리. 미상리는 내가 어린 시절 살았던 동네이다. 번지를 알 수 없는 미상리 미상번지. 하나씩밖에 없었던 공용안테나, 마을금고, 이발소, 중국집, 정류장 등과는 달리 마을을 빙빙 둘러싼 군부대는 참 많았다. 휴전선 인근에 위치한 미상리의 특별한 위치는, 알 수 없는 긴장감이 감도는 그 시절 대한민국의 상황과 어딘가 비슷했던 것 같다.

〈미상리 미상번지〉는 휴전선 인근에 위치한 미상리에서 예전에 실제로 벌어졌던 사건에 작가적 상상력이 더해져 당시의 부조리한 시대상을 조그만 산골 마을의 사건 속에 담아냄으로써 현실을 풍자하는 이야기이다. 거센 충돌과 변화가 역동적으로 전개되던 1980년대 초반의 격동기에, 보다 나은 미래를 꿈꾸며 소박하게 살아가던 사람들이 은폐되고 조작된 국가적인 큰 사건의 소용돌이에 알게 모르게 휘말린다. 위정자들이 일으킨 의도된 재난에 가까운 국가적 사건은 강원도 두메산골의 소박한 삶의 모습들에도 큰 영향을 미친다. 모든 것은 연결되어 있다! 지난 시절의 부조리한 모습을 냉철한 시선으로 바라봄으로써 왜곡된 사실에 기초한 권력의 횡포를 은유한다. 그로부터 몇십 년이 지난 지금, 위험은 우리가 예상치 못한 또 다른 모습으로 현재를 맴돌고 있는지도 모른다. 작품 속의 주인공 봉만이가 가난을 극복하고 저축상을 받기 위해 고군분투하는 것처럼, 과거의 격동기와 여전히 부조리를 품고 있는 현재의 시대적 배경에서 묵묵히 버티며 치열하게 살아가는 평범한 사람들의 삶에 소중한 희망의 메시지를 담는다.

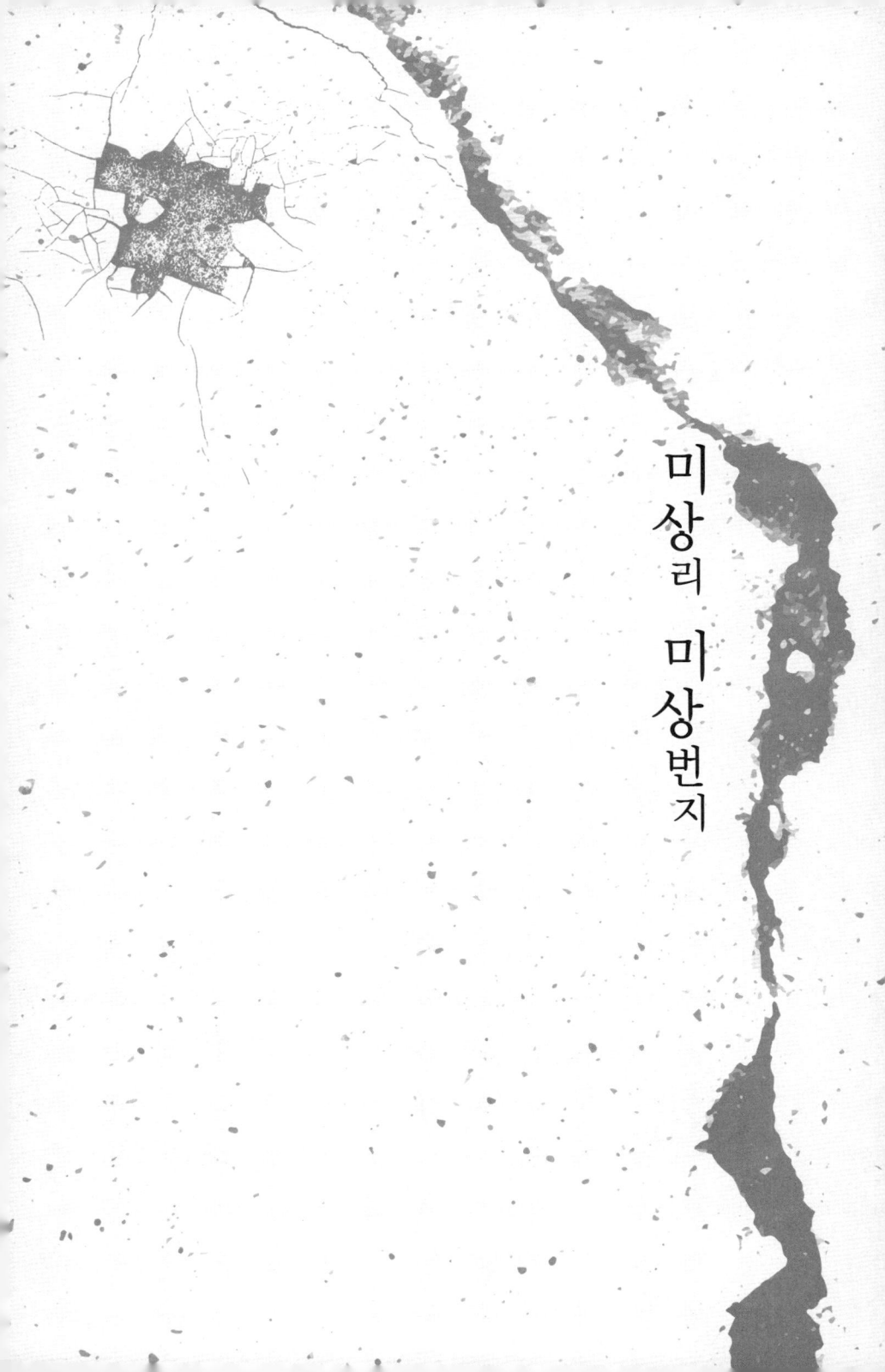

미상리 미상번지

[제1막]

제1장. 받고 싶다, 저축상!

김봉만 (독백) 여기는 강원도 화천군 상서면 미상리. 이 동네 사람들은 자기가 몇 번지에 살고 있는지 모른다. 이 동네 집들은 대부분 번지가 없는 미상번지이기 때문이다. 미상리는 군부대로 둘러싸인 강원도 오지의 산골 동네다.

마을 사람들, 미상국민학교로 가면서 얘기를 나눈다.

꽈리박 이번엔 누가 저축상을 탈까?

막가네 뻔하지, 뭐. 저축을 젤 많이 한 사람이 저축상을 타겠지.

꽈리박 그럼, 늘 타던 사람들이 이번에도 또 타겠구만.

배꼽네 나는 저축상이고 뭐고, 곗돈이나 탔으면 좋겠다.

막가네 조금만 기다려, 네 번째야. 두어 달 남았어.

미상국민학교.
운동장에서 저축상 시상식이 열리고 있다.
동네 사람들이 다 모인 자리에서, 미상리마을금고 이사장 이세호 씨가 저축상을 시상한다.
이세호 씨의 대머리가 오늘따라 유난히 햇빛에 반짝여서 눈이 부시다.

11

이세호 어린이 부문 저축상 수상자를 발표하겠습니다. 어린이 부문 저축상 수상자는, 미상국민학교 5학년 전재수!

꽈리박 봐, 내가 늘 타던 사람이 탈 거라고 했잖아.

이세호 어린이 부문 저축상 수상자, 미상국민학교 5학년 전.재.수. 위 어린이는 근검절약 정신으로 저축을 열심히 함으로써 타의 모범이 되었기에, 이 상장을 수여함. 1979년 7월 10일 미상리마을금고 이사장, 이.세.호.

간종팔 아이, 전재수! 이번에도 저축상은 재수 없는 전재수가 타네. 부럽다!

김봉만 부럽긴 뭐가 부럽냐? 저건, 돈만 있으면 누구나 탈 수 있는 상이야!

조태봉 맞아!

간종팔 그러는 봉만이 넌, 저축상 타봤어?

조태봉 봉만이는 매번 우등상 타잖아.

간종팔 에이, 우등상은 우등상이고 저축상은 저축상이지. 우등상 탈 때는 동네 사람들이 안 오지만, 저축상 탈 때는 동네 사람들이 다 오잖아. 그러니까, 저축상이 우등상보다 훨씬 더 좋은 거야.

조태봉 (봉만의 눈치를 보며) 야, 그만해…

김봉만 (저축상을 받는 전재수를 노려보며) 저축상… 졸업하기 전에 나도 꼭 타고 말 거야!

이세호 씨의 장황한 연설이 시작된다.

봉만, 자신만의 상념에 빠져든다.

김봉만 (독백) 이때만큼은 재수 없는 전재수가 부럽다. 나는 1학
년부터 5학년까지 줄곧 우등상을 탔었지만, 단 한 번도
저축상은 탄 적이 없다. 내가 저축상을 타지 못하는 것
은, 어찌 보면 당연하다. 왜냐하면, 난 돈이 없기 때문이
다. 그나마 내가 얼마 안 되는 적은 돈이라도 모을 수 있
는 방법은 크게 세 가지로 나눌 수 있다. 첫째, 설날에 세
뱃돈 받은 걸 안 쓰고 모은다. 둘째, 온 동네 쓰레기장을
돌아다니며 병을 주워서 삼광사에 판다. 셋째, 가끔씩 산
에 가서 더덕을 캐거나 질경이를 뜯어서 약집 아저씨한
테 판다. 하지만, 이 세 가지 방법으로 모은 돈은 얼마 지
나지 않아 삼광사에서 단팥빵으로 바뀌어서 나의 입속
으로 들어간다. 나는 과자를 사 먹는 애들이 이해가 되
지 않는다. 과자를 사 먹으면 맛있기는 하지만 배가 부
르지는 않다. 그렇지만, 단팥빵을 사 먹으면 과자처럼 맛
도 있고 배도 부르다. 그래서 난 돈이 생기면 늘 단팥빵
을 사 먹는다. 그래서 돈을 모으기가 정말 힘들다.

이세호 오늘 저축상을 받은 전재수 어린이는 그동안 용돈을 꼬
박꼬박 모아 저축을 한 착한 어린이입니다. 우리 어린이
들은 모두 전재수 어린이를 본받아서, 열심히 저축을 하
기 바랍니다. 전재수 어린이가 1년 동안 저축한 돈은 모
두 2십만 원입니다.

아이들, 모두 놀라서 박수를 친다.

봉만, 역시 깜짝 놀란다.

꽈리박   (놀라며) 2십만 원?

김봉만   세상에!

꽈리박   2십만 원이면 쌀이!

모 두   열 가마!

김봉만   (독백) 난 그런 돈을 본 적이 없다. 내 세뱃돈을 다 합치면
보통 5천 원 정도 되고, 병을 팔면 보통 2백 원, 질경이
를 뜯어서 팔면 3백 원, 더덕을 캐서 팔면 4백 원 정도를
받는다. 단팥빵을 안 사 먹고 전부 모은다고 해도, 일 년
에 2만 원을 넘기기가 어렵다. 그런데, 2십만 원이라니!
전재수는 나보다 과자도 잘 사 먹고 빵도 잘 사 먹고, 심
지어, 짜장면까지 사 먹는다. 그런데도 2십만 원을 모았
다니, 정말 놀랍다! 그리고, 전재수는 용돈을 모은 거라
고 하는데, 도대체 그 용돈이란 게 뭘까? 그건 어디서 나
는 거지? 나도 용돈이란 걸 알면, 모아서 저축할 텐데.
나도 저축상이 받고 싶다. 정말로 저축상이 받고 싶다!

전재수   야호!

마을 사람들, 박수를 친다.

봉만, 갑자기 큰소리로 외친다.

김봉만 　그래, 결심했어! 저축상을 받기 위해, 앞으로 1년 동안 절대로 단팥빵을 사 먹지 않겠다!

모　두 　(놀라서 봉만을 쳐다보며) 단팥빵?

제2장. 단팥빵아, 안녕!

봉만, 동네 여기저기를 다니며 병을 줍는다.
쓰레기장에서 병 몇 개를 주워 자루에 넣는다.
동네 골목을 뒤져서 병 몇 개를 더 찾아낸다.
기뻐하며 병을 자루에 담는 봉만.

친구들 　봉만아, 어디 가?

김봉만 　병 주우러!

친구들 　병 주우러?

김봉만 　진로소주다! 경월소주병! 칠성사이다! 킨사이다! 코카콜라! 환타! OB맥주! 크라운맥주!

하루 종일 주운 병들로 자루가 가득 찬다.
봉만, 병 자루를 짊어지고 의기양양하게 삼광사로 들어간다.

김봉만 　아줌마, 병 팔러 왔어요!

삼광사에서 이세호 씨와 여주인(이하 '삼광사'로 표기)이 봉만을 반갑게 맞아준다.

이세호 어유, 봉만이가 병을 많이 주웠구나!

김봉만 이사장님, 안녕하세요!

이세호 그래, 열심히 해! (삼광사에게) 나갔다 올게. (나간다)

삼광사 (이세호에게) 다녀오세요.

김봉만 (이세호에게) 안녕히 가세요!

삼광사 (자루에서 병을 꺼내며, 봉만에게) 아니, 어디서 이렇게 병을 많이 주웠어?

김봉만 (자랑스럽게) 여기저기 하루종일 돌아다녔어요! 오늘, 일요일이잖아요.

삼광사 (맥주병을 꺼내며) 비싼 맥주병도 꽤 많네.

김봉만 맥주병은 저기 군인 관사 쓰레기통에서 다 주운 거예요.

삼광사 (꺼낸 병을 세며) 맥주병이 하나에 2십 원씩 여덟 개니까 백6십 원, 소주병이 5원씩 열한 개니까 5십5원, 사이다병이 십 원씩 여섯 개니까 6십 원, 다 합쳐서… 2백7십5원이다. 봉만이 돈 많이 벌었네! 단팥빵 줄까?

김봉만 (손사래를 치며) 아니요, 그냥 다 돈으로 주세요!

삼광사 단팥빵 하나도 안 사고, 다 돈으로?

김봉만 네, 다 돈으로 주세요!

삼광사 그래, 그럼. (돈을 세며) 2백… 7십… 5원… (돈을 주며) 그런데, 니가 웬일이니? 단팥빵을 안 사 먹고.

16

김봉만 (뛰어나가며) 저 이제 단팥빵 안 먹어요! 아주머니, 안녕히 계세요.

삼광사 잘 가라. (뛰어가는 봉만이를 보며) 참 별일이네!

봉만 집.
봉만, 가방을 마루에 던지고, 자루를 들고 뛰어나간다.
이명자가 봉만을 향해 소리 지른다.

이명자 너 이놈의 새끼… 요즘 학교 끝나면 공부는 안 하고, 매일 어딜 그렇게 쏘다녀?

김봉만 (뒤돌아보며) 저, 질경이 뜯으러 가요!

이명자 (혼잣말로) 질경이는 뭐 하려고! 그 시간에 돼지우리나 치우면 좀 좋아?

김경규 내가 대신 치우면 되지!

이명자 아니, 저놈의 자식, 요즘 뭔 바람이 들어서 맨날 산으로 들로 쓸데없이 쏘다니나 몰라.

김경규 (계속 일하며) 여기, 이것 좀 담아 줘.

봉만, 마을 이곳저곳을 열심히 돌아다니며 질경이를 뜯는다.

약집.
약집아재(이하 '약아재'로 표기)가 봉만이 뜯어온 질경이를 저울에 달고 있다.

약집아재, 저울의 눈금을 확인한다.

김봉만 약집 아저씨, 질경이 뜯어왔어요!

약아재 (한참 재다가) 두 근!

김봉만 뭐가 두 근이에요? 두 근 반이었잖아요!

약아재 시끄러, 이놈아. 내 저울은 한 번도 틀린 적이 없어. 그냥 이렇게 딱 대면, 두 근! 자, 4백 원.

김봉만 (돈을 받으며) 아저씨는 맨날 반 근씩 빼.

약아재 이눔의 시끼, 그거라도 잘 쳐주는 줄 알아, 이놈아. 이런 질경이 백날 받아봐야 삶아서 말리느라 쎄빠지게 힘만 들고, 돈도 안 돼. 그나마 나니까 받아주는 거야!

김봉만 알았어요. 안녕히 계세요.

약아재 응!

삼광사 앞을 지나가다가, 창문 너머로 단팥빵을 쳐다보고, 군침을 흘리는 봉만.

김봉만 단팥빵! (혼잣말로) 단팥빵은 이제 안 먹어. 단팥빵아, 안녕!

굳게 마음먹고, 단팥빵을 뒤로한 채 달려가는 봉만.

마을금고.
마을금고 미스김이 봉만을 반갑게 맞아준다.

김봉만 미스김 누나!

미스김 어머, 봉만이 왔구나!

김봉만 (통장과 동전을 내밀며) 이거, 저금해주세요!

미스김 (받으며) 요즘 하루도 안 빠지고, 매일매일 저금하네!

이세호 봉만이, 저금하러 왔구나?

김봉만 네!

미스김 요즘, 엄마가 요즘 용돈 많이 주나 보다, 그치?

어머, 혹시 집에 돼지 팔았니?

김봉만 (발끈하며) 돼지를 왜 벌써 팔아요! 그리고, 우리 집은 용
돈 그런 거 없어요.

미스김 그래? 그럼… 돈이 어디서 나서 이렇게 매일같이 저금하
는 거야?

김봉만 질경이 뜯어서 팔고, 병 주워서 팔고, 이번 주 일요일엔
더덕 캐러 갈 거예요.

미스김 봉만아! 너, 정말 기특하구나! (통장을 내주며) 이러다 봉
만이가 저축왕 되겠는데?

김봉만 (통장을 확인하고, 좋아하며) 2십만 원 넘으려면 아직 멀었
는데요, 뭐.

이세호 봉만아, 계속 저축 열심히 해.

김봉만 네! 안녕히 계세요!

미스김 봉만아, 잘 가!

봉만, 마을금고를 나선다.

김봉만　오늘은 깊은 산으로 가서 더덕을 캐야지.

봉만, 열심히 산을 오른다.

김봉만　우와, 다 올라왔다!

산.
봉만이 숲을 헤치고 다니며 더덕을 캐고 있다.

김봉만　어, 더덕 냄새다. 어, 더덕 잎이네! (큰 더덕을 캐고 좋아하며) 이야, 진짜 크다!

숲속에서 이상한 그림자를 보고 놀라는 봉만.

김봉만　(놀라서) 뭐, 뭐야!

시커먼 그림자가 어른거리자, 놀라서 몸을 숨기는 봉만.
'휘이익' 하는 소리가 들려온다.

김봉만　(소리를 향해) 거기 누구 있어요? (혼잣말로) 간첩인가?

봉만, 급히 숨는다.
'휘이익' 소리가 더 커진다.

소리를 내는 실체를 확인하고, 깜짝 놀라는 봉만.

그림자 휘이익, 휘이익…

김봉만 (놀라서) 삼촌…?

이영수, 나뭇잎을 뒤집어쓰고는 '휘이익' 소리를 내고 있다.

이영수 휘이익, 휘이익 바람이 나무 잎새를 흔든다.
휘이익, 휘이익 소리는 바람이 내는 소리일까?
휘이익, 휘이익 소리는 잎새가 내는 소리일까?

김봉만 휘이익, 휘이익… 삼촌!

이영수 (깜짝 놀라며) 봉만아! 니가 이렇게 깊은 산속까지 웬일이야?

김봉만 더덕 캐러 왔지. 삼촌은 여기 웬일이야?

이영수 나도 더덕 캐다가… 여기 바람이 좋지 않냐? 그래서 바람에 대한 시를 한 편 쓰고 있었다.

김봉만 우와, 삼촌 멋지다! 삼촌, 여기서 보니까… 진짜 시인인 것 같은데? 휘이익, 휘이익…

이영수 야 인마, 시인은 무슨… 시집을 내야지 시인이지.

김봉만 왜? 삼촌 시집 내려고, 돈 열심히 모으고 있잖아! (약초 자루를 열어보고 놀라며) 우와, 더덕 진짜 크다! 이렇게 큰 걸 이렇게 많이 캤어? 삼촌 금방 시집 내겠다!

이영수 이 동네 산은 하도 많이 다녀서 어디에 더덕이 많은지

다 안다.

김봉만　진짜?

이영수　그래, 따라와 봐!

둘, 한참을 걸어가다 멈춘다.
이영수, 엎드려서 땅을 판다.

이영수　봉만아, 봐라! 더덕이다!

김봉만　우와, 진짜 크다!

이영수　이거, 봉만이 거!

김봉만　하하, 나도!

신이 나서 더덕을 캐는 봉만. 그 광경을 흐뭇하게 바라보는
영수.

이영수　봉만아! 이제, 그만 내려가자.

김봉만　벌써?

이영수　좀 있으면 해 떨어져. 빨리 가자.

먼 길을 내려와서, 약집.

김봉만　약집 아저씨, 더덕 캐 왔어요!

약아재　엉?!

약집아재가 봉만이 캐 온 더덕을 저울에 달고, 눈금을 확인한다.
이영수가 옆에서 흐뭇하게 지켜보고 있다.

약아재 두 근!

김봉만 뭐가 두 근이에요, 두 근 반이었잖아요!

약아재 시끄러, 이놈아. 내 저울은 한 번도 틀린 적이 없어. 그냥 이렇게 딱 대면, 두 근! 자, 6백 원.

김봉만 (돈을 받으며) 약집 아저씨는 맨날 반 근씩 빼.

약아재 이눔의 시끼, 그거라도 잘 쳐주는 줄 알아, 인마. 그동안 자잘한 더덕만 캐오는 바람에, 내가 도로 더덕밭에 심느라 내 품삯만 더 들었어. 그거 생각하면, 내가 돈을 도로 받아야 돼. (봉만이 캐온 더덕을 보며) 그래도, 어쩐 일로 이번 더덕은 꽤 실하네.

김봉만 (이영수를 보며) 앞으로는 늘 이렇게 실한 놈들만 캐올 테니까, 걱정마세요!

이영수 안녕하세요.

이영수가 약초 가방을 쏟아놓자 큼지막한 더덕이 바닥에 쏟아진다.
놀라는 약집아재.
약집아재가 더덕을 저울에 단다.

약아재 다섯 근. 천5백 원.

놀라서 영수를 쳐다보는 봉만. 봉만을 보며 빙그레 웃는 영수.

김봉만 우와… 안녕히 계세요.

약아재 엉!

약집을 나서는 둘.

김봉만 우와, 삼촌 진짜 돈 많이 벌었다.

이영수 봉만이도 많이 벌었네.

김봉만 다 삼촌 덕분이지. 삼촌, 나 마을금고에 저금하고 올게.

이영수 (기특하다는 미소를 지으며) 그래, 다녀와.

봉만, 삼광사 앞을 그냥 지나치고, 바로 마을금고로 달려간다.
마을금고.

김봉만 미스김 누나 안녕하세요. 이거 저금해주세요.

미스김 오늘은 무슨 돈이야?

김봉만 더덕 캤어요!

미스김 어머나, 봉만아! 더덕 열심히 캤나 보네. 도장 찍어줄게.
(찍으며) 봉만이 더덕 캔 돈, 6백 원!

김봉만 (통장을 받고) 미스김 누나, 안녕히 계세요.

마을금고 앞에서 전재수가 단팥빵을 먹으며 혼자 놀고 있다.

봉만, 저금을 하고 나온다.

전재수 김봉만! 나하고 자치기하자.

김봉만 안 돼. 나 숙제해야 돼.

전재수 너 아직 숙제 안 했냐?

김봉만 응. 더덕 캐러 갔다 왔어. 집에 가서 숙제하면 바로 곯아 떨어져.

전재수 그럼, 공부는 언제 하냐?

김봉만 (가려 하며) 몰라!

전재수 (먹던 단팥빵을 내밀며) 이거 줄게, 나하고 자치기해.

김봉만 단팥빵! (덥석 잡으려다가) 에이, 내가 거지냐? 먹던 걸 먹게?

전재수 그럴 줄 알았지. (다른 주머니에서 단팥빵을 꺼내며) 그럼, 이 건? 비닐도 안 뜯은 삼립 단팥빵!

김봉만 야! (단팥빵을 얼른 받으며) 딱 한 시간만이야!

전재수 그러지.

김봉만 (단팥빵을 보며) 단팥빵아, 정말 오랜만이야!

단팥빵을 맛있게 먹으며 재수와 자치기를 하는 봉만.

단팥빵 맛에 연신 감동하는 봉만.

봉만의 승리로 자치기가 끝난다.

김봉만 야! 재수야, 열심히 해!

전재수　역시 자치기의 왕이야. 언젠간 꼭 이기고 말겠어! 명태
　　　　야! 자치기 연습하자.

이명태　알았어!

제3장. 우등상아, 안녕!

저축상을 받기 위해 1년여 동안 계속해서 돈을 모으는 봉만의
고군분투 과정이 펼쳐진다.
봉만은 매일매일 더 많은 병을 주우러 다니고,
더 많은 질경이를 뜯으러 다니고, 더 많은 더덕을 캐러 다닌다.
전재수는 이명태와 함께 자치기 연습에 열중한다.

김봉만　이제 질경이 뜯으러 가야지! 이제 더덕 캐야지! 우와, 눈
　　　　이다! (통장을 보며) 꼭 저축상을 타고 말 거야!

설날이 되었다. 부모님께 세배하는 봉만.

김봉만　(절하면서) 엄마, 아빠! 새해 복 많이 받으세요!

김경규　그래, 봉만이도 건강하고.

이명자　공부도 열심히 해야 돼!

서로 눈치를 보며 봉만에게 세뱃돈 주기를 미룬다.

이명자　자, 여기 세뱃돈.

김봉만　고맙습니다!

어딘가로 나서는 봉만.

어느새 개똥아재 집.

개똥아재가 개똥을 치우고 있다.

김봉만　개똥아저씨, 세배하러 왔어요.

개　똥　뭐 이놈, 개똥아저씨?

김봉만　네, 동네 사람들이 다 개똥아재라고 부르잖아요?

개　똥　(화가 나서) 이런 개똥 같은 놈, 어른한테 개똥이 뭐야 개 똥이?

김봉만　(웃으며) 봐요, 맨날 말끝마다 개똥, 개똥 하시잖아요! 그 러니까, 개똥아저씨죠.

개　똥　(화를 내며) 뭐 이놈! 그래도, 꼬박꼬박 개똥아저씨라네! 이런 버르장머리 없는 개똥 같은 놈, 여긴 뭐 하러 왔어?

김봉만　세배하러 왔어요!

개　똥　버르장머리 없는 개똥 같은 놈이 세배는 무슨… 누구길 래 여기까지 왔어?

김봉만　저는 저 위에 약집 옆에 사는, 돼지 많이 기르는 김경규 씨 아들 봉만이에요. 얼른 세배받으세요, 빨리 하고 꼭지 김씨 아저씨한테 세배하러 가야 돼요.

개　똥　개똥 같은 놈이 개똥 같은 소리 하고 있네. 개똥 치우다 말고 무슨 세배야! 일 없어!

김봉만 아, 안 돼요! 에라 모르겠다! (땅바닥에서 그냥 세배한다)

개 똥 이런 개똥 같은 놈이 똥한테 세배하네! (얼떨결에 세배를 받으며) 경규가 당돌한 아들을 뒀다! (주머니를 뒤져서 밤을 몇 개 꺼내서 봉만이에게 쥐어주며) 야, 이거 받어.

김봉만 (손바닥을 펼쳐서 밤을 보며) 애개, 이게 뭐예요?

개 똥 밤이지 뭐야!

김봉만 세뱃돈을 줘야지, 왜 밤을 줘요?

개 똥 이런 개똥. 밤이 얼마나 고소한데. 그럼, 도토리 줄까?

김봉만 (밤을 까먹으며) 에잇, 개똥 아저씬 역시 소문대로 진짜 짠돌이야!

개 똥 (개똥이 묻은 쇠스랑을 내밀며) 뭐, 개똥? 개똥 맛을 봐야 갈 거야!

김봉만 (기겁을 하고는) 아우, 똥 냄새! (도망치며) 개똥 아저씨, 안녕히 계세요!

개 똥 저저, 또 개똥이라네. (웃으며) 내년에 또 오거라!

마당에 있던 개가 봉만을 배웅하듯 늑대처럼 소리를 낸다.

개 똥 개똥! 니가 늑대야? 개지! 얼른 들어가!

꽈리박, 막가네, 배꼽네, 수다를 떨고 있다.
봉만, 세 명의 어른들을 만나서, 반갑게 세배한다.

김봉만 꽈리박 아저씨, 새해 복 많이 받으세요!
막가네 아줌마, 새해 복 많이 받으세요!
배꼽네 아줌마, 새해 복 많이 받으세요!

어른들, 세뱃돈을 준다.

김봉만 감사합니다!
꽈리박 그래, 착하다. 그런데, 너 우리 만경이 못 봤니? 만경이
얘는 세배도 안 하고 어디 간 거야?
김봉만 만경이, 하루종일 재수 쫓아다니던데요?

만경과 재수, 멀리서 뛰어놀고 있다.

꽈리박 (뛰어가는 만경에게) 만경아, 야!
막가네 만경이가 엄마 없이 컸어도 구김살 없이 밝게 잘 컸어!
배꼽네 그래, 맞아. (꽈리박의 작은 키를 놀리며) 엄마 닮아서 키도
크고!
꽈리박 이런!
막가네 봉만아, 우리 명태는 못 봤니?
김봉만 명태요? 하루종일 재수랑 자치기 연습하던데요!

명태와 재수, 멀리서 자치기를 하며 뛰어다닌다.

막가네 (자치기하는 명태에게) 명태야! 쓸데없이 자치기는 뭐 하려고 하루종일 해!

배꼽네 봉만아, 우리 태봉이랑 친하게 잘 지내지?

김봉만 네!

배꼽네 그래, 착하다.

김봉만 안녕히 계세요!

막가네 (가는 봉만에게) 너희 엄마, 곗날 꼭 나오라 그래.

김봉만 (돌아보며) 네!

배꼽네 곗돈 탄 뒤로는 코빼기도 안 보여!

막가네 다들 그래! 계 타면 안 나와!

봉만, 먼길을 단숨에 달려 꼭지김씨 집에 도착한다.

김봉만 꼭지김씨 아저씨, 세배하러 왔어요.

꼭지김 떽, 이놈! 어른한테 꼭지김씨가 뭐야! 아, 사람 꼭지 돌게 하네!

김봉만 동네 사람들이 아저씨가 맨날 꼭지 돈다고 해서, 꼭지김씨라고 부르잖아요?

꼭지김 떽, 이놈! 꼭지 도네, 이거. 그래도, 애들이 어른한테 그러면 못써! 근데… 넌 누구길래 여기 해방촌까지 세배하러 왔니?

김봉만 저는 저 아래 약집 옆에 사는 돼지 많이 기르는 김경규씨 아들 봉만이에요.

꼭지김 아, 니가 경규 아들 봉만이로구나! 참 똘똘하다고 하더
니, 여기 해방촌 꼭대기까지 세배하러 올라오고! 참, 예
의도 바르구나. 추울 텐데, 얼른 들어와라.

따라 들어가서 세배를 하는 봉만.

꼭지김 그놈 참 기특하구나! 요 콩만 한 놈이… (세뱃돈을 주며)
옛다, 세뱃돈.

김봉만 (세뱃돈을 받고 좋아하며) 고맙습니다!

꼭지김 아가, 약과라도 먹고 가지, 왜 벌써 가?

김봉만 또 세배하러 가야 해요. 꼭지김씨 아저씨, 안녕히 계세요!

꼭지김 떽, 이놈, 꼭지 도네!

김봉만 죄송합니다.

꼭지김 (웃으며) 조심히 가라.

봉만의 집.
봉만이 세뱃돈을 세고 있다. 봉만 엄마 이명자가 어깨너머로
쳐다본다.

이명자 아니, 뭔 돈이 그렇게도 많아?

김봉만 (돈을 세며) 세뱃돈 받은 거예요.

이명자 엄마 아부지 세뱃돈 2천 원밖에 안 되는데, 그 돈은 다
어디서 났어?

김봉만 (계속 돈을 세며) 저 아래 개똥 아저씨네부터 해서, 저 위 해방촌 꼭지김씨 아저씨네까지 쫙 훑었어요.

이명자 그 돈 다 엄마한테 맡겨. 내가 가지고 있다가, 이다음에 크면 줄게.

김봉만 싫어요! 내가 학교 가기 전부터 그래 놓고, 이렇게 컸는데도 안 주잖아요. 이젠 안 속아요.

이명자 아직 덜 컸으니까 안 주는 거지. 괜히 갖고 있다가 잃어버리지 말고, 이리 내!

김봉만 싫어요. (돈을 들고 도망치듯 나가며) 마을금고에다가 저금할 거예요!

김경규 뭐가 이렇게 소란스러워? 봉만아, 삼광사 가서 막걸리 한 되만 받아와.

김봉만 네.

김경규 그리고, 저… 엄마한테 돈 맡기기 뭐하면, 아버지한테 맡겨.

김봉만 다녀오겠습니다.

이명자 너 이누무 시끼, 야금야금 빵 사 먹지 말고, 마을금고에 꼭 저금해!

김봉만 걱정 마세요!

이명자 알았어요!

마을금고.

미스김 봉만아!

김봉만 미스김 누나!

미스김 새해에도 열심이네.

김봉만 네! 이거 다 저금해주세요.

미스김 어머나! 봉만아, 너 진짜 많이 모았구나! 도장 찍어줄게.
(통장을 돌려주며) 자!

김봉만 미스김 누나, 새해 복 많이 받으세요!

미스김 봉만이도 복 많이 받으세요!

김봉만 네!

봉만, 저금을 하고 나온다. 봉만의 손에 누런 주전자가 들려
있다.
마을금고 앞 대동원에서 짜장면 냄새가 진동한다.
짜장면 냄새에 끌려 깨금발로 창문 너머 대동원 안을 들여다
보는 봉만.
대동원에서 전재수가 짜장면을 먹고 있다.
먹고 싶어서 전재수를 한참 동안 쳐다보는 봉만.

김봉만 (침을 삼키며) 빨리 운동회를 해야 나도 짜장면을 먹을 수
있을 텐데⋯

짜장면을 다 먹은 전재수가 트림을 하며 대동원을 나온다.
입 주변에 온통 짜장면이 묻어있는 전재수.

그런 전재수를 부러운 눈으로 바라보는 봉만.

김봉만　(침을 삼키며) 뭐 먹었어?

전재수　(소매로 입을 닦으며) 짜장면 곱빼기.

김봉만　너 생일이야?

전재수　아니. 숙제하고 나서 짜장면 먹고 싶다고 하니까, 아버지
　　　　가 사줬어.

김봉만　너네 아버지, 군인인데… 부자야?

전재수　우리 아버지, 보안대 주임상사잖아. 울 아버지는 내가 공
　　　　부만 잘하면 먹고 싶은 거 다 사줘. 울 아버지는 맨날 돈
　　　　이 많아.

김봉만　좋겠다…

전재수　너네 아버지는 돈 없어?

김봉만　우리 아버지도, 돼지 팔면, 돈 많아!

전재수　그래? 좋겠다! 근데, 돼지는 언제 팔아?

김봉만　아마, 내년에 내가 중학교 갈 때쯤 팔 거야.

전재수　그래? 그럼… 아직 멀었네.

김봉만　그럼… 아직 멀었지.

전재수　우리, 자치기할까?

김봉만　안 돼. 삼광사 가야 돼. 아버지가 마을금고 갔다가 오는
　　　　길에 막걸리 한 되 받아 오라고 하셨어.

전재수　갔다 와서 하면 되잖아?

김봉만　안 돼, 숙제해야 돼! (달려간다)

전재수 김봉만! 너를 이기기 위해 일 년을 연습했어.

김봉만 일 년 더 해.

삼광사 앞에서 갑자기 좋은 생각이 떠오른 봉만.

김봉만 (주머니에서 막걸리 한 되 값 4백 원을 꺼내며) 막걸리 한 되에 4백 원이니까, 반 되면 2백 원이고… 반 되만 사가지고 가면 2백 원이 남는 거네… 그럼, 2백 원을 마을금고에다 저금하고… 막걸리 반 되에다가 물을 넣으면 다시 한 되가 될 테고… 어차피 색깔이 똑같은데, 알 게 뭐야? 아버지는 술을 적게 마시니까 건강해져서 좋고, 난 저금해서 좋고! (회심의 미소를 지으며) 이 생각을 왜 여태 못했을까?

봉만, 의기양양하게 삼광사로 들어간다. 삼광사 여주인이 나온다.

김봉만 아줌마!

삼광사 응, 봉만이, 막걸리 심부름 왔구나.

김봉만 네! (주전자를 내밀며) 막걸리 반 되만 주세요.

삼광사 반 되?

김봉만 네… 반… 되요…

삼광사 아니, 어쩐 일로 반 되만 사가니?

김봉만 (당황하며) 네… 아버지가… 술… 조금만… 드신대요!

삼광사 그래? 그거 잘된 일이네.

삼광사 여주인, 항아리에서 막걸리를 퍼 담는다.
봉만, 여느 때보다 더 그 광경을 유심히 쳐다본다.

삼광사 (주전자를 내밀며) 자, 막걸리 반 되.
김봉만 (받으며) 아줌마, 안녕히 계세요.
삼광사 응, 엎지르지 말고, 조심해서 가.

집으로 가는 도중, 샘에 들러서 주전자에 물을 담는 봉만.

김봉만 (주전자를 들여다보며) 역시 똑같아! (맛을 보고는) 아, 써!

신나게 달려서 집에 도착한 봉만.
김경규와 이명자가 봉만을 맞이한다.

김봉만 막걸리 한 되요. (주전자를 마루에 놓고, 부리나케 방으로 들어
간다)
김경규 응, 수고했어! (막걸리를 따르며) 어이구, 이거 빛깔 봐라.

김경규가 마루에 앉아서 막걸리를 한 모금 마신다.
이상함을 느끼고, 다시 한번 마신다.

김경규 (사발을 내려놓으며) 이거, 막걸리 맛이 왜 이래?

이명자 막걸리가 왜요?

김경규 (막걸리를 따라서 주며) 이거 한잔 마셔봐. 너무 싱거운 거 같애!

이명자 그럴 리가요? (막걸리를 맛본다) 싱겁네? (한 번 더 맛본다) 이거, 막걸리가 왜 이래?

김경규 봉만아, 너 이리 와 봐!

봉만, 쭈뼛거리며 방에서 나온다.

김봉만 네…

김경규 너, 이거, 막걸리 제대로 사 온 거 맞어?

김봉만 (우물쭈물하며) 어… 아버지… 술… 조금만… 드시면… 건강해져서 좋고, 나는… 저금해서 좋고…

김경규 (봉만의 귀를 잡으며) 물 탔네!

김봉만 어떻게 아셨어요?

김경규 (혼내며) 너 이놈 시끼, 어디서 그런 못돼먹은 버릇이야!

김봉만 다시는 안 그럴게요! (멀리 도망친다)

김경규 (화를 삭이며) 너 일로 와!

이명자 (김경규를 쫓아가서 말리며) 그만해요, 앞으로 안 그런다잖아요!

김경규 (화를 삭이며) 저놈 시끼가 안 하던 짓을 하네.

이명자 (웃으며) 안 들킬 줄 알았나 보죠. 저축상인가 뭔가 타려

고 별의별 짓을 다 하는 모양이니까, 한 번만 용서해 줘
요. 이제 된통 혼나서 다시는 안 그럴 거예요.

김경규 하루 벌어 하루 먹고 살기도 힘든 판국에, 저축상은 무
슨. (막걸리를 들이킨다) 에이, 싱거워!

이명자 (막걸리를 마셔보며) 그래도, 뭐, 그럭저럭 마실 만하네요.

김경규 마실 만하긴… 그럼, 당신이 다 마셔!

이명자, 막걸리 주전자를 통째로 들어서 벌컥벌컥 마신다.

김경규 이놈의 여편네!

이명자 (다 마신 후에 큰 트림을 하며) 아이고, 시원하다! 마시기 딱
좋네, 뭘!

김경규가 이명자를 어이없게 쳐다본다.

마을금고.
봉만, 숨을 헐떡이며 마을금고에 들어온다.

김봉만 (통장을 내밀며) 미스김 누나, 저금해주세요.

미스김 봉만아! 어쩐 일로 하루에 두 번씩이나 오니?

김봉만 (2백 원을 내밀며) 이거 목숨 걸고 번 돈이에요!

미스김 (2백 원을 받으며) 목숨?

김봉만 네. 목숨이요! 이거 벌다가 맞아 죽을 뻔했어요.

미스김   알았어. (통장을 보며) 너, 뭔 일인지 몰라도, 이러다 진짜 저축상 타겠다!

김봉만   정말요?

미스김   그럼! 열심히 해.

김봉만   미스김 누나, 안녕히 계세요.

마을금고를 나서는 봉만을 부모님이 발견한다.

이명자   봉만아, 얼른 와!

김봉만   왜요?

김경규   아, 오라면 얼른 와!

김봉만   또 때리려구요?!

김경규   너 진짜 한번 혼나볼래?

이명자   삼촌, 서울 간대!

김봉만   서울? 삼촌!

이명자   여보, 얼른 경운기 시동 걸어요. 버스 놓치기 전에 얼른 가야지.

김봉만   삼촌! 서울 왜 가?

이영수   삼촌, 서울에… 시집 내러 간다!

김봉만   이제 진짜 시인 되는 거야?

이영수   시인은 무슨! 일단 서울 가서 유명한 시인 한번 만나 보려고!

김봉만   우와, 멋지다!

김경규　어, 걸렸다.

이명자　봉만아, 얼른 타!

김경규　잘 잡어!

김봉만　우리 삼촌, 시집 내러 서울 간다!

김경규　꽉 잡아! 엄청 빨라!

경운기가 버스 정류장에 도착한다.
모두들 이영수를 배웅한다.

김경규　처남, 조심히 잘 갔다 와.

이영수　네, 잘 다녀올게요.

이명자　끼니 거르지 말고.

이영수　알았어.

김봉만　삼촌, 꼭, 멋진 시인 돼야 해.

이영수　그래, 봉만이도 저축 열심히 해야 돼.

김봉만　알았어.

이영수　다녀오겠습니다! (떠나간다)

이명자　건강 잘 챙기고.

이영수　걱정하지 마.

김봉만　(손을 흔들며) 삼촌, 안녕!

이영수　(멀어지면서) 안녕!

멀리 학교에서 소리가 들린다.

선생님 지금부터 우등상 시상식을 거행하겠습니다.

이명자 봉만아, 얼른 가서 우등상 받아 와.

김봉만 네! 저, 우등상 받아 올게요!

김경규 상 받자마자 바로 집으로 와. 어디로 새지 말고.

김봉만 네!

미상국민학교 운동장. 우등상 시상식이 열린다.

선생님 다음은 6학년 우등상 수상자입니다.

간종팔 봉만아, 나갈 준비해라.

김봉만 (웃으며) 알았어.

조태봉 너는 6년 내내 우등상을 타는구나!

간종팔 야, 조태봉! 너는 6년 내내 개근상을 타잖아.

조태봉 간종팔! 봉만이는 6년 내내 우등상도 타고, 개근상도 타고 있거든!

선생님 6학년 1학기 우등상 수상자는, 전재수 어린이입니다.

전재수, 놀라서 뛰어나간다.

모두들, 깜짝 놀라서 웅성거린다.

봉만, 얼어붙은 듯 꼼짝도 안 하고 서 있다.

간종팔 봉만아, 이게 어떻게 된 일이야?

조태봉 니가 우등상을 놓치다니, 어떻게 이런 일이?

김봉만	…
간종팔	너 맨날 공부도 안 하고, 병 주우러 다니고…
조태봉	질경이 뜯으러 다니고…
간종팔	더덕 캐러 다니더니…
조태봉	결국 재수 없는 저 전재수한테…
간종팔	우등상을 뺏겼구나!
김봉만	우등상아, 안녕!
조태봉	뭐?
간종팔	얘가 뭐라는 거냐?
김봉만	괜찮아… 나한텐… 저축상이 있으니까!
조태봉	저축상?
김봉만	응! 이번에, 내가 꼭 저축상을 타고 말 거야!
간종팔	야, 전재수가 있는데, 니가 어떻게 저축상을 받아?
조태봉	그러게?
김봉만	아니야, 내가 마을금고 미스김 누나한테 들었는데, 전재수랑 나랑 비슷비슷하대. 재수가 과자랑 빵이랑 엄청 많이 사 먹었으니까, 내가 조금만 더 노력하면 저축상 받을 수 있어!
간종팔	재수는 공부 한 시간 하면 엄마가 과자 백 원어치씩 사 주신다는데?
조태봉	우와, 좋겠다. 전재수!
김봉만	상관 없어. 내가 어디 가면 맥주병이 많이 있는지 다 알아냈거든!

간종팔 근데, 저축상 시상식이 지난달에 열렸어야 했는데?

조태봉 그러게? 왜 아직도 안 열리는 거지?

간종팔 요즘 대머리 이사장님 본 적 있어?

조태봉 아니, 본 적 없는데! 어디 가셨나?

김봉만 어디… 가셨다고?

제4장. 대머리가 사라지다!

마을 사람들, 마을금고를 슬쩍슬쩍 들여다보면서 수군거린다.
봉만, 마을금고에 저금하러 오다가 마을 사람들이 하는 얘기를
엿듣는다.

심홍철 도대체 어딜 간 거야?

김인석 그러게, 동네에서 안 보인 지가 한 달이 넘었어!

최정배 근데, 왜 그동안 신고도 안 하고 쉬쉬한 거야?

심홍철 며칠 전부터 보안대에서 나와서 은밀히 조사하기 시작
했대요.

최정배 보안대? 왜 경찰서에서 안 나오고 보안대에서 수사를
한대?

김인석 그러게. 군인도 아닌데, 왜 보안대에서 수사를 할까?

심홍철 혹시… (눈치를 보며) 북으로?

김인석 (놀라며) 그런 소리 함부로 지껄이지 마, 이 사람아! 큰

일 나!

최정배 (은밀하게) 아닌 게 아니라, 요즘도 북에서 간첩들이 내려와서 사람들을 납치해 간다는 소문이 파다해!

심홍철 그게 아니구요, 공금횡령하고 월북했다고 하던데요?

김인석 아냐! 내가 듣기로는… 전부인하고 다시 눈 맞아서 잠적했다고 하던데?

심홍철 뭐? 삼광사 여자가 본부인 아니었어요?

최정배 아니, 이 사람! 그걸 여태 몰랐어? 삼광사 큰아들이 전부인 아들이잖아!

심홍철 아, 그래요? 난 전혀 몰랐어요! 아들을 끔찍이도 위하길래 전혀 몰랐죠!

최정배 근데, 저 삼광사 여주인은 남편이 사라졌는데도, 어떻게 태연하게 군복에 명찰을 새기고, 재봉틀로 오바로크만 치고 있을까?

김인석 그 속을 누가 알겠어요.

심홍철 그동안 행방불명됐다는 신고도 안 하고 있었대잖아요.

최정배 마을금고 직원이 재수 아빠한테 얘기해서 보안대에서 나온 거래.

김인석 재수 아빠면, 보안대 주임상사 전경호 씨 말하는 거예요?

최정배 그래. 전경호 씨가 보안대에서 근무한 지 꽤 오래됐잖아?

심홍철 아무튼 보안대에서 나온 거 보면 뭔가 있긴 있는 거 같네!

최정배 그래, 뭔가 있긴 있지?

김인석 있긴 뭐가 있어? 그냥 눈맞아서 도망간 거라니까!

최정배   그게 아니라니까!

봉만, 어른들에게 인사한다.

김봉만   (마을 사람들에게) 안녕하세요?

최정배   봉만이로구나!

심홍철   그래, 마을금고에 저금하러 가는구나!

김인석   요새 봉만이 저금 열심히 한다며?

최정배   이번에 저축상 받을 가능성이 아주 유력하다고 하던데?

김봉만   (좋아서) 아직 몰라요.

심홍철   근데, 마을금고 이사장이 없는데, 저축상 시상식이 열릴
          수 있을까요?

김인석   그러게? 아무래도 이사장이 돌아와야 저축상 시상식을
          거행할 수 있겠지?

최정배   저금 열심히 하는 애 김빠지게 왜들 그래? 봉만아! 이사
          장님이 곧 오실 테니까, 너무 걱정하지 마라.

김봉만   (시무룩해서) 네…

봉만, 마을금고로 들어간다.

미스김   (반갑게) 봉만이 왔구나!

김봉만   (시무룩해서 통장과 동전을 내밀며) 이거 저금해 주세요.

봉만, 마을금고 주변을 유심히 둘러본다.

김봉만　미스김 누나, 이사장님 어디 가셨어요?

미스김　(당황하며) 어… 어디… 가셨어.

김봉만　(혼잣말로) 어디 가신 지 꽤 된 것 같은데, 왜 몰랐지?

미스김　(당황하며) 응… 몰랐구나…

김봉만　곧 오시겠죠?

미스김　(통장을 주며) 그럼, 금방 오실 거야.

김봉만　(통장을 받으며) 미스김 누나, 안녕히 계세요.

미스김　그래, 봉만아, 잘 가.

마을금고에서 걸어 나오며 혼자 생각에 빠지는 봉만.

김봉만　(독백) 그동안 저축상을 받기 위해 우등상도 포기하고, 먹
고 싶은 단팥빵도 사 먹지 않고 악착같이 돈을 모아서
저금을 했는데, 이제 내가 저축상을 받는 게 거의 확실
해졌는데, 저축상 시상식이 열리지 않는다니… 아니, 시
상식이 열린다 해도, 상을 주실 마을금고 이사장님이 없
잖아! 세상에… 어떻게 이런 일이… 이제껏 살면서 이렇
게 큰일은 처음이야! 저축상을 받기 위해서는 어떻게든
이사장님을 찾아야 해! 꼭 찾아야 해! 이사장님, 도대체
어디 가신 거예요?

마을 사람들, 대동원 앞에 모여서 수군거린다.

봉만, 벽에 낙서하는 척하며, 그들의 얘기를 듣는다.

모　두　도대체 어디 간 거야?

꽈리박　마을금고 이사장 이세호 씨가 동네에서 유명 인사니까, 북한에서 납치해 간 거라니까.

막가네　맞아! 꽈리박 말대로, 이 동네는 전부 군부대 지역이잖아.

꽈리박　그렇지! 이 동네는 어딜 가든, 군용 트럭에 넣는 경유 드럼통이 여기저기 쫙 깔렸잖아.

막가네　경유 드럼통?

꽈리박　그래, 디젤 드럼통!

막가네　아, 기름통! 어쩐지 그래서 군부대 근처에만 가면 석유 냄새가 진동을 했구만. 아무튼 저기 대성산 쪽으로 가면 휴전선 철책이 있잖아. 북한에서 납치하는 게, 충분히 가능한 일이라니까! 이쪽으로 막 가도 철책, 저쪽으로 막 가도 철책!

꽈리박　막가네! 그렇게 막 가다가 큰일 나, 이 사람아. 저번에 개똥아재가 대성산 휴전선 철책을 넘어서 비무장지대로 약초 캐러 갔다가 인민군을 보고 기겁을 하고 도망쳤대잖아!

배꼽네　아니야, 이세호 씨가 마을금고 돈을 많이 횡령해서 그냥 월북한 거라니까.

꽈리박　에이, 배꼽네!

배꼽네 왜, 오늘 나랑, 배꼽 한번 맞춰볼까?

꽈리박 이세호 씨가 그럴 사람은 아니라니까. 얼마나 양심적인 사람이었는데! 그동안 삼광사 하면서도 남의 돈은 잔돈 한 푼도 떼먹은 적이 없는 사람이야.

막가네 그래! 그러니까, 여기 마을금고 생기자마자 이사장이 된 거지.

꽈리박 어쨌든, 이세호 씨가 그럴 사람은 아니라니까.

김봉만 (혼잣말로) 그래, 맞아! 그동안 저축상을 주셨던 마을금고 이사장님이 마을금고 돈을 훔쳤을 리가 없어. 절대로 그럴 리 없어!

대동원 주인, 가게에서 나오며 낙서하고 있는 봉만에게 소리 친다.

대동원 너, 딱 걸렸다! 여기 낙서하지 말랬지! 지난번에 벽에다 똥 그려놓은 것도 니놈 짓이지?

모 두 똥?

대동원 짜장면집 벽에 똥을 그리면 어떡해! 내가 그거 지우느라 얼마나 힘들었는지 알아?

김봉만 (도망치며) 그 똥은 내가 그린 거 아니에요! 약집 만식이 형이 그린 거예요!

대동원 이놈 시키, 아주 그냥!

막가네 그만 해.

대동원 (낙서를 보며) 이번엔 뭘 또 그린 거야? (더 유심히 보며) 이 대머린 누구야?

모 두 대머리?

봉만, 삼광사 쪽으로 도망친다.

마을 사람들, 삼광사 주변에서 삼광사 안을 들여다보며 수군거리고 있다.

봉만, 역시 그 주변에서 삼광사 안을 들여다보며 그들의 얘기를 듣는다.

삼광사 안에서는, 보안대 군인들이 수첩을 들고 삼광사 여주인과 얘기를 나누고 있다.

심홍철 보안대에서 저렇게 계속 나와서 조사를 하는 거 보면, 정말 큰일이 난 게야.

김인석 글쎄, 이사장이 정말 어떻게 된 건가?

최정배 납치해 간 게 분명하다니까! 그러니까, 저렇게 보안대에서 난리지.

심홍철 월북했으니까 저렇게 난리죠. 저것 봐요, 저 여자한테 계속 추궁하잖아요!

최정배 근데, 어떻게 저 여자는 남편이 행방불명되었는데도, 저렇게 태연하게 군복에 명찰을 새기고, 오바로크만 칠 수가 있을까?

김인석 가만, 이세호 씨 전처가 낳은 아들을 저 여자가 키우고

있잖아요. 혹시 그거에 대한 불화로 이세호 씨가… 자살
을 한 거 아닐까요?

심홍철 (놀라며) 설마!

김인석 설마가 사람 잡는다고, 정말 그럴지도 모르지.

최정배 (웃으며) 하긴! 고스톱 할머니는, 이세호 씨가 밤에 복고
개 공동묘지를 지나가는데, 외로운 과부 귀신이 나타나
서 묘지 속으로 끌고 갔을 거라고 했어. 웬 줄 알어? (은
밀하게) 대머리가 정력이 세다는 말이 있잖아!

모 두 대머리?

마을 사람들, 그 얘기를 듣고선 입을 막고 웃는다.
멀리 있던 사람들도 서서히 모인다.

삼광사 안.
보안대 중사가 삼광사 여주인에게 이것저것 집요하게 캐묻는다.

삼광사 밖.
마을 사람들과 봉만, 창문 틈으로 삼광사 안을 들여다보며 그
들의 얘기를 엿듣는다.
전경호와 최규호, 이런 광경을 멀리서 지켜본다.

보안대 마지막으로 묻겠습니다. 이세호 씨가 정말 그렇게 얘기
하고 간 게 확실합니까?

삼광사 네! 네! 똑같은 얘기를 도대체 몇 번을 얘기해야 해요? 전라도 광주에서 학교 선생님을 하는 전처를 만나러 갔다가, 아직까지 돌아오지 않고 있다니까요!

보안대 그러니까, 그렇게 나간 사람이 왜 돌아오지 않느냐고요?

삼광사 (재봉틀을 격하게 돌리며) 그거야 뻔한 거 아니에요? 그 여편네하고 다시 눈이 맞아서 거기에 눌러앉은 거지 뭐겠어요?

보안대 그걸 잘 알고 있는 아주머니가 (카세트를 집어들며) 이렇게 태연하게 카세트 테이프로 신나는 노래를 틀어 놓고 (노래를 틀며) 재봉틀이나 돌리면서, 군인들 명찰을 새기고 있어요!

삼광사 (재봉틀을 멈추며) 그럼, 당장 쫓아가서 그년 머리채라도 잡아서 뜯어 놓을까요? 아니면 그 대머리 몇 가닥 안 남은 머리카락이라도 잡고 끌고 와요?

보안대 (노래를 끄며) 보통은 다 그렇게 하지 않습니까!

삼광사 (카세트를 뺏으며) 그 인간… 그렇지 않아도, 언젠가는 돌아올 거예요. 제 자식이 여기서 버젓이 살고 있는데, 어떻게 안 돌아오겠어요!

마을 사람들, 그 얘기를 듣고선 놀라서 서로를 쳐다보다가 대동원 앞으로 달려간다.

봉만, 그들을 따라간다.

보안대 중사, 조사를 마치고 전경호에게 보고한 후 사라진다.

대동원 앞.

마을 사람들, 모여서 여전히 수군거리고 있다.

조금 전에 삼광사 앞에서 들은 얘기를 서로 하며, 모두 놀란다.

봉만, 벽의 낙서를 지우는 척하며, 그들의 얘기를 듣는다.

꽈리박 (놀라며) 저 얘기가 사실이라면, 삼광사 여자는 어떻게 되는 거야?

막가네 어떻게 되긴 뭐가 어떻게 돼? 낙동강 오리알 되는 거지, 뭐.

배꼽네 그런데도, 그 아들을 계속 키울 수 있을까?

심홍철 미쳤어? 남편도 없는데, 남의 자식을 계속 키우게.

김인석 하여간, 삼광사 여자만 불쌍하게 됐어.

최정배 그래도, 아까 들어보니까, 돌아올 거라고 믿고 계속 기다린다잖아.

막가네 웃기는 소리지! 한 달이 넘었는데, 아직도 안 돌아오는 거 보면 돌아오긴 글렀어.

꽈리박 근데, 이세호 씨는 거기에 왜 눌러앉았을까?

배꼽네 혹시, 거기에도 숨겨놓은 애가 있나?

모 두 에이.

심홍철 그럴 리가? 애가 하나밖에 없다고, 얼마나 귀하게 키웠는데.

김인석 그러면… 이세호 씨가 공금을 횡령해서 잠적했는데, 들킬까 봐 서로 짜고, 거짓말을 하는 거 아닐까?

모 두 에이.

심홍철　아니에요. 월북 사실을 숨기려고 거짓말을 하는 걸지도
　　　　몰라요.

최정배　내가 얘기했잖아. 납치해 간 게 분명하다니까! 그걸 사
　　　　실대로 얘기하면 이세호 씨를 죽인다고 하니까, 거짓말
　　　　을 하는 거 아닐까?

모 두　에이.

마을 사람들, 한 명씩 두 명씩 늘어나면서 계속해서 수군거린다.
수군거리는 소리가 점점 커진다.
봉만, 수군거리는 소리를 들으며 낙서를 열심히 지운다.
봉만이 백묵으로 그렸던 대머리 그림이 거의 다 지워져 간다.
멀리 버스 종점에서 보안대 주임상사 전경호가 마을 사람들의
일거수일투족을 모두 지켜보고 있다.
버스 경적이 울린다.

모 두　버스, 버스다. 버스가 왔다.

제5장. 대머리가 돌아오다!

버스 종점.
마을 사람들, 모여서 서울에서 막 도착한 버스 창문을 보며 수
군대고 있다.

마을 사람들 틈에서 가까스로 얼굴을 내밀어 버스 창문을 바라보고는 깜짝 놀라는 봉만.

버스 창문에 머리를 기대고 있는 대머리가 보인다.

김봉만　(놀라며) 어, 버스 안에 저 사람은?

꽈리박　대머리 이사장이 돌아왔나?

막가네　그러게, 이게 어떻게 된 거야?

배꼽네　도대체 어디 갔다 온 걸까?

심홍철　대머리 주변에 누구 또 없어?

김인석　옆에 아무도 없는 거 보니까, 그 여자는 같이 안 왔나 보네!

심홍철　그게 아니라, 간첩하고 같이 왔는지 보라고요!

최정배　납치당했다가 도망쳐왔나?

심홍철　막상 가서 보니까 사람 살 곳이 못 돼서 다시 넘어왔나 보네.

최정배　근데, 왜 서울서 오는 버스를 타고 왔지? 판문점으로 해서 넘어왔나?

꽈리박　거기가 그렇게 쉽게 왔다 갔다 할 수 있는 데가 아닐 텐데…

막가네　근데, 왜 안 내리고 저러고 있는 거야?

배꼽네　창문에 머리를 대고는 꼼짝도 안 하고 있네?

심홍철　축 늘어져 있는 거 같은데?

김인석　자나?

최정배　(놀라며) 저기 봐! 귀밑에 피가 흐르고 있어!

모 두   (놀라며) 피?

대머리가 움찔거리더니 천천히 움직인다.

꽈리박   어, 움직인다!

막가네   어, 비틀거리는데?

배꼽네   어, 걸어 나온다, 나와!

모두들, 숨을 죽이며 대머리가 나오기를 기다린다.
대머리가 비틀거리며 버스에서 천천히 걸어 나온다.
머리에 피범벅이 된 대머리를 보고선 모두 깜짝 놀란다.

김봉만   (놀라며) 삼촌!

모 두   (놀라며) 영수?

사람들이 웅성거린다.

심홍철   아니, 이게 누구야?

김인석   (자세히 들여다보며) 봉만이 외삼촌 영수 아니야?

최정배   근데, 뭔 일을 당했기에 머리에 피가 이렇게 범벅이 됐
         을까?

꽈리박   아직도 피가 귀 옆으로 조금씩 흐른다, 야! 빨리 가서 치
         료해야겠다.

막가네	봉만아, 얼른 집으로 데려가서, 치료하고 눕혀라.
배꼽네	니 엄마한테 소독 잘하고, 약 잘 발라 주라고 해. 덧나면 큰일 나.
심홍철	좀 심한 거 같으면, 아예 사창리 병원에 데리고 가서 치료하라고 해.
김인석	막차 좀 전에 나갔는데, 뭐 타고 가?
최정배	그러게. 가도 일찍 내일 가야지.

봉만, 영수를 부축해서 집으로 데리고 간다.
마을 사람들, 절룩거리며 가까스로 걸어가는 영수를 보며 뒤에서 계속 수군거린다.
버스 종점 대합실에서 전경호가 그 모습을 은밀히 지켜보고 있다.

봉만, 영수와 함께 집에 도착한다.

김봉만	엄마! 아버지!
이명자	(놀라서) 영수야, 이게 웬일이야?
김경규	(놀라서) 처남, 어떻게 된 거야?
이명자	어머나 세상에 머리에 피 좀 봐!
김경규	얼른 들어가서 빨간약 갖고 와!
김봉만	네. (방에서 빨간약을 가지고 나온다)
이명자	어쩌다 이렇게 된 거야? (서둘러 빨간약을 바르며) 여기저

기 다 터졌네!

김경규 (상처를 들여다보며) 아무래도 병원에 가야겠어!

이영수 (기진맥진해서) 괜찮아요! 약 바르고 며칠 쉬면 다 나을 거예요.

김경규 상처가 깊어서 아물려면 오래 걸려! 병원 가서 꿰매는 게 나아. (일으켜 세우며) 경운기라도 타고 얼른 병원 가자!

영수, 쓰러진다.

이명자 영수야! (말리며) 이렇게 지푸라기 같은 몸을 어떻게 경운기에 태워 가요! 오늘 폭 재웠다가, 내일 차 다닐 때 데려가요.

김경규 상처가 너무 깊어서 내일이면 너무 늦어서 안 되는데…

이영수 (힘들어 하며) 그냥 병원 안 가고요… 약 바르면 된다니까요. 머리카락 있는 데라서 흉터 생겨도 괜찮아요.

이명자 (상처를 들여다보고 울먹이며) 머리카락은 누가 이렇게 다 빡빡 밀어 놓은 거야?

김경규 (다시 벽에 기대 앉히며) 아니, 어쩌다 이렇게 된 거야?

이명자 (울먹이며) 시집인가 뭔가 낸다고 다 싸 들고 서울 가더니, 도대체 이게 뭔 일이야?

김경규 처남, 나 봐봐. 서울서 뭔 일 있었어?

이영수 그게요… (가까스로 말을 이으며) 난생처음 당한 일이라… 뭐가 뭔지… 대학가 근처에 있는 유명한 시인의 집을 물어 물어서 찾아가고 있는데…

이명자   (울먹이며) 찾아가고 있는데?

이영수   갑자기… 대학생들이 학교에서 우르르 뛰쳐나오더니 뭐
라고 소리 지르니까… 어디선가 군인들이 떼거지로 나
와서… 내 원고 뭉치 빼앗고… 죽도록 패고… 학생들까
지 다 싸잡아서 무자비하게 패고… 짓밟고…

이영수가 서울에서 겪은 일이 재현된다.

[제2막]

제1장. 마을금고에 대머리가 나타나다!

마을 남자들, 군인목욕탕 앞에 모여 있다.

대동원 안테나 최 씨가 이장이 된 다음부터는 테레비가 잘 안 나오는 거 같지 않아요?

최정배 그러게, 특히 뉴스는 한 방송은 말고는 아예 안 나와.

심홍철 그런데, 이 여편네들은 목욕탕 들어간 지가 언젠데, 왜 이리 안 나오는 거야?

꼭지김 그런데, 전경호 씨가 웬일로 군인목욕탕을 마을 사람들한테 쓰라는 거지?

꽈리박 알 게 뭐야? 뜨끈한 물로 목욕하면 좋지, 뭐.

심홍철 아참, 마을금고 이사장이 새로 왔다며?

대동원 내일부터 정식으로 업무를 시작한다고 하더라고요.

최정배 세상 참 별일이야.

김인석 저기, 여자들 나온다.

목욕을 마친 여성들이 개운한 표정으로 목욕탕에서 나온다.
전경호가 마을 남성들과 반갑게 인사를 나눈다.

전경호 남자분들, 이제 목욕하세요.

개 똥 네, 목욕탕 감사합니다.

남성들, 전경호에게 감사를 표하며 목욕탕으로 들어간다.

김봉만 이사장님이 돌아왔다고? 야호! 드디어 내가 저축상을 받을 수 있다! 더 열심히 병 주우러 다녀야지!

봉만, 병 주우러 달려나간다.
전재수, 봉만을 발견하고선 반갑게 달려온다.

전재수 봉만아!

김봉만 어, 왜?

전재수 우리, 여기 군인목욕탕에서 목욕하자.

김봉만 (목욕탕 앞에 줄 서 있는 사람들을 둘러보며) 안 돼. 병 주우러 가야 돼.

전재수 (잡아끌며) 병 주우러 다녀서 얼굴이 꼬질꼬질해.

김봉만 (끌려가며) 병 팔고 냇가 가서 씻으면 돼. 그리고, 저긴 군인들만 가는 데잖아.

전재수 오늘부터 우리 아버지가 마을 사람들도 군인목욕탕 다 이용할 수 있게 해주신대.

김봉만 군인 가족이 아닌데도?

전재수 응.

김봉만 왜?

전재수　우리 동네에 목욕탕이 없잖아.

김봉만　아까 보니까, 너희 아버지 군복을 안 입으셨던데?

전재수　응. 이제부터 우리 아버지, 군인 아니야.

김봉만　(놀라며) 왜?

전재수　제대하셨대.

김봉만　(놀라며) 언제?

전재수　지난주에.

김봉만　그렇구나…

전재수　(잡아끌며) 봉만아, 우리 빨리 목욕하고, 자치기 하자!

김봉만　(뛰어가며) 안돼! 다음에 하자.

전재수　(아쉬워하며) 다음에 꼭 해야 돼!

마을금고.

봉만, 저금하러 들어온다.

이사장 자리에 대머리의 뒷모습이 보인다.

깜짝 놀라는 봉만.

김봉만　(혼잣말로) 이세호 이사장님? (반갑게) 안녕하세요!

대머리, 그 소리를 듣고선, 천천히 봉만을 돌아본다.

이사장의 얼굴을 보고 깜짝 놀라는 봉만.

이사장은 이세호 씨가 아니고 전재수의 아버지 전경호 씨다.

봉만, 얼어붙은 듯 꼼짝도 못 하고 서 있다.

전경호　(반갑게) 봉만이로구나. 봉만이가 올해 저축을 참 많이 했더구나! 부모님이 형편도 안 좋은데, 어떻게 해서 그 많은 돈을 모았니?

김봉만　(놀라서) 질경이 뜯어서 팔고… 병 주워서 팔고… 더덕 캐서 팔았어요…

전경호　그랬어? 아주 착한 어린이로구나.

김봉만　(얼빠져서) 세뱃돈 받은 거 하나도 안 쓰고 저금했고, 막걸리 반 되 사서 혼나고… 나머진 저금했고, 단팥빵은 하나도 안 사 먹었어요!

전경호　(이상하다는 듯 물끄러미 쳐다보며) 그랬어? 허허허…

봉만, 얼어붙은 듯 꼼짝도 못 하고 서 있다가 혼잣말한다.

김봉만　저 아저씨가 왜 이사장님이 된 거지?

전경호　김봉만! 뭐라고 그랬어?

김봉만　아니에요… (뛰어나가며) 안녕히 계세요!

봉만, 뭔지 모를 두려움에 사로잡혀 도망치듯이 마을금고를 빠져나간다.

멀리 대머리산 꼭대기에 누군가가 안테나를 만지는 그림자가 보인다.

제2장. 대머리가 변해간다

대머리산 조림사업장.

벌거숭이 대머리산 꼭대기에 마을 공용 안테나가 서 있다.

최규호 이장의 지휘에 따라 대머리산에서 마을 사람들이 조림

사업을 하고 있다.

이영수도 사람들과 함께 조림사업에 참여하고 있다.

사람들이 줄지어서 나무를 심으면서 두런두런 얘기한다.

이영수   여기, 대머리산에 갑자기 왜 조림사업을 하는 거예요?

김인석   아무렴, 뭔 상관이야. 군부대에서 남은 짬밥 가져다가 가

        축 키우는 거밖에 벌어먹을 거 없는 동네에서, 이렇게 조

        림사업이라도 해서 한 푼이라도 벌어먹으면 좋은 거지.

최정배   이러니저러니 해도 산에는 나무가 울창해야 해.

최규호   이동!

모두 다음 구역으로 이동한다.

심홍철   근데, 자넨 어쩐 일로 이런 조림사업 하는 델 다 왔나?

        맨날 혼자서 산속에 들어가 약초 캐면서, 시인가 시조인

        가만 쓰러 다니더니?

김인석   아냐. 영수 이 친구, 요즘 마을 일하는 데에 자주 나타나.

        먼젓번에는 개천에 뚝방 공사하는 데도 왔더라니까.

심홍철 별일이네? 지난번 사고로 머리가 어떻게 된 거 아니야?

최정배 어허, 이 사람 쓸데없는 소리 하고 있어!

이영수 예전에는 혼자 다니며 사색을 많이 해야 좋은 시를 쓴다고 생각했었는데, 이젠… 사람들하고 어울리며 사람 사는 세상을 알아야, 진정으로 살아있는 좋은 시를 쓸 수 있다는 생각이 들어서요.

심홍철 이 사람 이거, 머리 깨진 뒤로 깨달음을 얻었나 보네!

이영수 (웃으며) 그런 셈이지요!

최규호 이동!

김인석 (최규호에게) 어이, 이장님! 힘든데, 좀 쉬었다 해요.

최규호 그럴까요? 잠시 휴식!

꼭지김 목도 칼칼한데, 막걸리나 한잔하고 하죠.

최규호 그러잖아도, 제가 봉만이한테 막걸리 받아 오라고 시켰어요.

봉만이가 멀리서 주전자를 들고 오는 모습이 보인다.

최규호 어, 저기 오네. 이 녀석 요즘 심부름 값 받으려고, 조림사업 하는 데에 열심히 쫓아다녀요.

최정배 저축상인가 뭔가 타려고 저러는 거래요.

최규호 그래? 어린 녀석이 기특하네.

봉만, 막걸리 한 주전자를 들고 온다.

김봉만 막걸리요!

꼭지김 너, 여기 막걸리에다가 물 타서 온 거 아냐?

김봉만 안 탔어요!

모두들, 한바탕 웃으며 막걸리를 마신다.
멀리서 전경호가 올라오는 게 보인다.

심홍철 어, 저기 마을금고 새로 온 이사장 전경호 씨 아니예요?

김인석 그러게? 저 사람이 여기 웬일이지?

전경호, 씩씩대며 최규호에게 다가간다.

전경호 이장님, 잠깐 봅시다!

최규호 네.

전경호, 최규호를 데리고 안테나 근처로 간다.

최규호 왜 그러세요?

전경호 뭐가 왜 그래? 정말 몰라서 그러는 거야?

최규호 아니, 제가 뭘요?

전경호 이장이나 돼가지고서 마을 공용 안테나 관리도 하나 똑
바로 못해, 이거?

최규호 무슨 말씀이세요? 전 보안대장님이 시키는 대로…

전경호	(사람들의 눈치를 보고 눈을 부라리며) 뭐야?

최규호	아니… (은밀하게) 이사장님이 시키는 대로 잘하고 있는
데요?

전경호	잘하긴, 지금 뭘 잘하고 있어! 어젯밤 자정 뉴스에 다른
방송이 잡혔잖아!

최규호	그럴 리가요! 다른 건 몰라도 뉴스는 다른 방송 안 잡히
게 해 놨는데?

최규호, 허둥지둥 공용 안테나에 올라가서 이리저리 살펴본다.
사람들, 멀리서 최규호를 쳐다본다.

최규호	(놀라며) 어, 이거 누가 만진 거야?

최규호, 안테나를 허둥지둥 조작한 후에 내려온다.

최규호	도로 원위치해 놨습니다. 제가 어제 해 지기 전에 분명
히 확인했었는데, 그 뒤에 누가 와서 만진 거 같은데요?

전경호	이 높은 데에 있는 걸… 밤에 누가 여길 올라와, 여길!

최규호	분명히 확인했었다니까요…

전경호와 최규호, 마을 사람들이 있는 데로 다가가서 사람들을
쏘아본다.

최규호 (모두에게) 어젯밤, 여기 올라온 사람 누굽니까?

마을 사람들이 구시렁거린다.

심홍철 밤에 여길 누가 올라와요?

최정배 그러게, 물레방앗간이라면 몰라도…

마을 사람들, 맞는 말이라고 저마다 한마디씩 하며 웅성거린다.
전경호가 최규호에게 눈짓을 하자 최규호가 크게 소리친다.

최규호 자, 휴식 끝! 줄 맞추고, 다시 나무 심읍시다.

마을 사람들이 줄을 맞춰가며 나무를 심는다.
전경호가 최규호에게 은밀하게 속삭인다.

전경호 안테나 관리 똑바로 하세요! 마을 사람들이 세상 돌아가
는 걸 알면, 정말 큰일 납니다.

최규호 네, 걱정 마세요. 앞으로 밤낮으로 잘 관리하겠습니다.

전경호, 나무 심는 마을 사람들을 훑어보다가 이영수를 발견
한다.

전경호 (최규호에게) 저 사람이 여기 웬일이야?

최규호 아, 이영수요? 저 친구, 요즘 마을 일에 열심히 참여해요.

전경호 허허? 참, 별일이네!

전경호, 떠난다.

최규호 자, 오늘은 여기서 시마이!

마을 방송이 울려 퍼진다.

제3장. 대머리는 알고 있다.

마을 사람들이 마을금고 건너편에 모여서 수군거리고 있다.

꽈리박 (마을금고를 쳐다보며) 요즘 마을금고에 웬 군인들이 저렇게 많이 드나들어?

막가네 그야, 전경호 씨가 이사장이 됐으니까 그렇지.

배꼽네 얼마 전까지 보안대 주임상사로 근무했으니까, 군인들 인맥이 대단하겠지.

막가네 전 이사장 이세호 씨 행방불명 사건 조사도 전경호 씨가 뒤에서 다 주도했다던데? 이세호 씨를 그렇게 빨리 행방불명으로 처리하더니, 저렇게 바로 신임 이사장으로 부임할 때부터 뭔가 이상하다 했어.

배꼽네 그럼, 당분간 몸 사리는 게 좋겠네.

막가네 그래, 동네 분위기가 뭔가 심상치가 않아.

꽈리박 그 정도야?

막가네 그래, 이 사람아, 이럴 땐 그냥 숨죽이고 가만히 지켜보는 게 최상책이야.

마을금고.
전경호와 최규호, 한쪽에서 보안대원들과 뭔가를 의논하고 있다.

전경호 이세호 전 이사장의 부실 운영으로 인해서 마을금고의 재정 상태가 크게 악화되었소.

최규호 그게 아니라… 오일쇼크로 인해서 인플레가 심해지고, 나라 경제 전체가 어려워졌잖아요. 게다가 최근에 외국 소를 수입하는 바람에 솟값이 폭락해서 더 힘들어졌죠.

전경호 (발끈하며) 당신이 나라 경제에 대해서 뭘 안다고 지껄이는 거야! 지금 나라 정책에 대해서 비판하는 거야?

최규호 아뇨, 비판이라뇨? 다들 그렇게 알고 있는 사실이라서…

보안대원들, 최규호를 위협적으로 쏘아본다.

전경호 쓸데없는 얘기 하지 말고, 이장은 그냥 내가 시키는 일만 똑바로 하세요. 알았죠?

최규호 네…

전경호 그간의 부실 운영으로 인해서 마을금고의 재정 상태가 크게 악화되었습니다. 그러므로, 대출금 이자 연체자들한테 대출금을 조기 상환할 것을 통보하시오.

최규호 내가 마을금고 직원도 아닌데, 대출금을 갚으라고 하는 건 좀…

전경호 당신이 마을 이장이니까, 마을 사람들이 당신 말을 제일 잘 들을 것 아니야! (큰소리로) 당신, 이장을 괜히 시킨 줄 알어?

최규호 그런데요, 돈이 없어서 이자도 못 내는 주민들이 대부분인데… 대출금을 조기 상환하라고 하면, 무슨 수로 돈을 마련할까요?

전경호 그걸 우리가 알 게 뭐야! 이게 다 저 위에서 시키는 일이니까, 우린 그냥 하라는 대로만 하면 돼.

최규호 그래도… 그건 좀…

전경호 모름지기, 재정이 튼튼해야 힘이 생기는 법이요! 어떻게 해서든 대출금을 조기 상환하도록 압박하시오.

최규호 네… 해보긴 하겠지만… 없는 돈을 어떻게 갚으라고…

전경호 (화를 내며) 집을 팔든, 논을 팔든, 소 돼지를 팔아서라도, 당장 갚으라고 해! (수첩을 꺼내보이며) 내가 말이야, 보안대 주임상사로 근무할 때 이 동네에 대해서 다 조사해 놨어. 그러니까, 어느 집에 뭐가 있는지 다 알고 있다고. 그러니, 누구도 빠져나가지 못할 거야. 알아듣겠어?

최규호 (놀라서) 네, 알겠습니다! 전 그냥 보안대장님이… 아니, 이사장님이 시키는 대로만 하겠습니다.

전경호 가서, 방송이나 하시오.

전경호와 보안대원들, 나가는 최규호를 보며 웃는다.
마을 곳곳에 방송이 울려 퍼진다.

최규호 (방송 소리) 마을금고를 대신해서 이장이 알려드립니다. 그간, 마을금고의 부실 운영으로 인해서 재정이 크게 악화되었는 바, 대출금 이자를 한 번이라도 연체하신 분들은 대출금 전액을 조기 상환할 것을 통보해 드립니다. 정해진 기한 내에 상환이 이루어지지 않을 경우 강제 상환 조치를 취할 예정이라고 하오니, 마을의 발전을 위해서 하루속히 상환할 것을 통보드립니다. 이상 마을금고를 대신해서 이장이 알려드렸습니다.

마을 사람들, 방송을 듣고서 곳곳에서 황당해한다.

모 두 뭐?

심홍철 저게 무슨 개소리야?

꼭지김씨 집.
꼭지김씨가 쇠똥을 치우고 있다.

최규호 (코를 움켜쥐며) 마을금고 대출금 2백만 원을 갚으셔야겠어요.

꼭지김씨네 소가 똥을 싼다.

꼭지김 누렁아, 시원하지? (쇠똥을 치운다)

최규호 (더 큰소리로) 마을금고 대출금 2백만 원을 갚으셔야겠어요.

꼭지김 내가 그걸 언제 빌렸지?

최규호 네? 그게…

전경호 3년 전에 빌렸지요.

꼭지김 내가 그걸 왜 빌렸지?

최규호 네? 그게…

전경호 송아지 네 마리 사려고 빌렸지요.

꼭지김 그래, 그때 송아지 사서 지금 3년을 키웠는데, 지금 소 한 마리 가격이 얼마지?

최규호 네? 그게…

전경호 5십만 원이지요.

꼭지김 그래, 5십만 원에 송아지를 사서 3년을 키웠는데, 솟값이 폭락해서, 소 한 마리 가격이 다시 5십만 원이 됐는데, 대출금을 어떻게 갚어?

최규호 네… 그렇긴 하지요…

전경호 소 네 마리 팔면, 2백만 원 되겠네요.

꼭지김 꼭지 도네! 뭐요? 지금 그걸 말이라고 하는 거요?

전경호 (집을 둘러보며) 집은 다 허물어져 가니, 내놔 봐야 팔리지도 않을 테고… 논밭도 전혀 없고, 가진 거라곤 소 네 마리뿐이니, 그거라도 팔아야 하지 않겠습니까?

꼭지김 저기 저 군부대에서 짬밥 찌꺼기 가져다가 여물에 버물려서 소 네 마리를 키운 게 어언 3년이오. 그런데… 이 소를 다 팔아버리면, 나는 뭘 먹고 살라는 말이오?

전경호 그럼, 군부대에 고맙게 생각을 해야지! 그리고, 소를 가지고 있어 봐야 한번 떨어진 솟값이 금방 오를 것 같소? 그거라도 팔아서 갚아야 할 거 아냐! 이번 주 내로 다 갚으세요. (최규호에게) 갑시다.

최규호 네… (꼭지김씨의 눈치를 보며 마지못해 전경호를 따라간다)

꼭지김 (누렁이를 보며) 아, 정말, 꼭지 도네! (전경호의 뒷모습을 보며) 저, 저런 막무가내가 있나! 아이고 누렁아…

심홍철의 배추밭.
심홍철이 밭에다 거름을 주고 있다.

최규호 (코를 움켜쥐며) 가는 데마다 죄다 똥을 푸고 있네! 마을금고 대출금 3백만 원, 갚으셔야겠어요.

심홍철 그걸 지금 무슨 수로 갚아요?

최규호 네? 그거야…

전경호 이 밭을 팔면 갚을 수 있겠구만.

심홍철   아직 배추가 여물지도 않았는데, 이 밭을 팔라니… 그게 말이 돼요?

전경호   팔만한 재산이라고는 이것밖에 없잖소. 배추까지 밭떼기로 한꺼번에 팔면 시세보다 좀 더 받을 수 있을 거야. 이번 주 내로 처리하세요. 알았소? (최규호에게) 갑시다.

최규호   네… (심홍철의 눈치를 보며 마지못해 전경호를 따라간다)

심홍철   (전경호의 뒷모습을 보며) 너, 이사장 되더니 뵈는 게 없냐?

최규호   아 저기…

전경호   (뒤돌아보며) 당신 말이야… 돌다방 김마담하고 그렇고 그런 사이라는 거, 내가 다 알고 있어. 동네 사람들한테 까발리기 전에 입 조심해. 알았어?

심홍철   (놀라서) 아니, 무슨 그런 말 같지도 않은 소릴…

전경호   조심해. (최규호에게) 갑시다.

최규호   (심홍철에게) 아니 그게…?

심홍철   아니에요…

최규호   (전경호에게) 사실이에요?

전경호   (나가며) 알 게 뭐야.

제4장. 돼지꿈이 무슨 소용이야?

봉만의 집.

김경규와 이명자, 돼지밥을 주고 있다.

봉만, 돼지밥 주는 걸 거들고 있다.

최규호 (돼지를 들여다보며) 아이고! 봉만이네 돼지, 많이 컸네!

김경규 짬밥 열심히 갖다 먹였더니, 많이 컸죠?

김봉만 어미돼지가 새끼를 열 마리나 낳았어요!

김경규 어미돼지가 새끼를 열 마리나 낳느라 고생해서 그런가, 삐쩍 곯았어요.

최규호 (새끼돼지들을 보며) 봉만이네, 돼지 덕분에 곧 부자 되겠어요!

이명자 (웃으며) 부자는 무슨 부자요! 얘네들이 돈 되려면 아직 멀었어요. 새끼돼지들이 아직 젖도 못 뗀걸요.

최규호 돼지는 부쩍부쩍 크고, 돼짓값이 좋아서, 곧 부자 될 겁니다.

이명자 말씀만 들어도, 꼭 부자가 된 거 같네요.

김경규 (웃으며) 이장님 말마따나 여기 있는 이 돼지들이 우리 집의 유일한 희망입니다. 앞으로도 암돼지들이 계속해서 새끼를 낳을 것이고, 그러면, 형편이 좀 나아져서 봉만이 중학교 보내고, 그 돼지들이 자라서 또 새끼 낳아서 기르면 고등학교, 대학교도, 보낼 수 있겠지요!

최규호 봉만이는 좋겠다, 돼지 덕분에 대학교도 가고!

김봉만 (웃으며) 네! 저도 열심히 저축하고 있으니까, 문제없어요!

최규호 봉만이가 잘하면 이번에 저축상 탈 거 같던데?

김봉만 정말요? 야호! 더 열심히 저축해야지!

전경호 (최규호에게) 그걸 여기서 얘기하면 어떡해요? 누가 받을 지 어떻게 안다고?

김경규 맞아요, 우리 형편에 저축상은 무슨… 봉만이 얘가 괜히 헛바람 들어서 이러는 거니까, 신경 쓰지 마세요.

김봉만 (기죽어서) 진짜로 열심히 저축하고 있는데…

최규호 기죽지 말고, 열심히 저축해!

김봉만 (웃으며) 네!

전경호 (최규호에게 눈치를 주며) 빨리 얘기해요!

최규호 (난처해하며) 네… 저기… 경규…

김경규 네?

최규호 (난처해하며) 일전에… 경운기 산다고… 마을금고에서 대출해 간 돈 있지?

김경규 네, 2백만 원이요.

최규호 (난처해하며) 그거 이번에… 갚아야겠어…

김경규 네? 아니 그건 아직 기한이 3년이나 남았는데요?

최규호 그렇긴 한데, 나라의 경제 사정이… 아니 마을금고 사정 이 안 좋아서, 한 번이라도 이자를 연체한 사람들은 대 출금을 다 조기 상환해야 한대…

김경규 아니, 가뜩이나 기름값이 껑충 올라서 경운기 기름 때기 도 어렵고, 불경기라 동네에 경운기 운송 일거리도 없어 서… 이자 납부가 쉽지 않은 걸 동네 사람들이 다 아는 데, 갑자기 대출금을 갚으라니요?

최규호 그렇긴 하지…

김경규 그걸 잘 아시면서, 어떻게 돈을 다 갚으라고 하세요?

최규호 그러게…

김경규 누구보다 동네 사정을 잘 아시는 이장님이, 앞장서서 그러시면 안 되죠!

최규호 그러게… 근데, 그렇게 하는 게 마을을 위하는 길이라고 하니까…

김경규 그게 어떻게 마을을 위한 길이에요?

전경호 그럼, 일일이 마을 사람들 개개인의 사정을 다 들어줘서, 마을금고가 도탄에 빠지는 게 마을을 위한 길인가?

김경규 꼭 그런 건 아니지만, 이건 너무 심한 처사가 아닌가 싶네요.

전경호 경규 입장에서는 그럴 수 있겠지만, 마을 전체를 위해선 어쩔 수 없는 일이라네.

김경규 아니, 마을금고가 마을을 위해서 있는 거지, 마을이 마을금고를 위해서 있는 건 아니잖아요. 이자 납부하기도 힘든 판국에, 대출금 전액을 갚으라니요.

전경호 갚을 방법은 늘 있잖아. 그런데, 지금 갚지 않고 있을 뿐이잖아.

김경규 당장 먹고살기도 힘든 판국에, 무슨 방법이요!

전경호 이 집…

김경규 네? 이 집이요?

전경호 이 집은 이 동네 사람들이 대부분 다 그렇듯이, 누구 땅인지도 알 수 없는 미상리 미상번지에 집을 지었으니,

토지에 대한 권한은 없을 테고…

김경규 그렇지요.

전경호 집이라고 해봐야 얼기설기 대충 지었으니, 팔리지도 않을 테고…

김경규 잘 아시네요.

전경호 경운기는 동네의 온갖 험한 일들을 도맡아 하느라, 내놓아 봐야 중고로 팔리지도 않을 테고…

김경규 무슨 소리에요? 아직 엔진 하나는 말짱해요!

최규호 (경운기를 보며) 그건 자네 생각이고…

김경규 아, 이장님!

전경호 그럼, 남은 건…

김경규 그럼, 남은 게 뭡니까?

전경호 (돼지들을 바라보며) 저거!

모두, 돼지들을 바라본다.

모 두 네?

최규호 저… 돼지요?

전경호 그래. 요즘 솟값 폭락으로 돼짓값이 껑충 뛰었으니, 지금 팔면 시세보다 많이 받을 수 있을 거야. 마리당 2십만 원씩은 받을 수 있을 테니, 열 마리면 딱 2백만 원이네!

김경규 지금 저보고, 저 돼지들을 다 갖다 팔라는 말씀이세요?

전경호 그래. 이거 말고 다른 게 있어? 내가 알기로는 아무것도 없는 걸로 아는데?

김경규 아주 잘 알고 계시네?

전경호 그래. 아는 게 바로 나의 힘이지!

김경규 보안대에 있을 때부터 저쪽 북한 애들한테 신경 쓰느라 시간이 없으셨을 텐데, 어떻게 마을 돌아가는 사정을 잘 아시나 모르겠어. 뉘 집 장롱 속에 뭐가 있는지도 다 안 다고 하던데, 그게 진짜인가 보네요!

전경호 그럼! 그게 다 나라를 위한 일인데, 그 정도 정보력은 가 지고 있어야지.

김경규 나라를 위한 일? 우리 마누라 빤스가 몇 장인지도 다 알 겠네.

전경호 알지, 알다마다. 꽃무늬 빤스 한 장, 흰색… 아니지 너무 오래 입어서 누렇게 된 빤스 두 장, 구멍 난 빤스 두 장, 도합 다섯 장이네?

이명자 구멍 난 거 엊그제 다 꿰맸어요!

최규호 세상에…

전경호 (수첩에 기록하며) 엊그저께 꿰맸다…

김경규 (전경호의 멱살을 잡으며) 이런 개잡놈을 봤나! 니가 뭔데, 남의 마누라 빤스 개수를 조사하고 지랄이야!

전경호 (김경규를 밀어낸 후 옷깃을 털며) 그깟 빤스 개수 알아내는 게 뭐가 어렵냐? 보안대원 시켜서 일정 기간 빨랫줄 체 크하면 금방 알게 돼 있어!

김경규 (다시 전경호의 멱살을 잡으며) 그러니까, 그걸 왜 니가 조사하고 지랄이냐고!

최규호 (김경규를 말리며) 아, 말로 하셔…

김경규 이거 놔요!

전경호 (김경규를 제압하고) 야, 그깟 빤스 개수 아는 게 뭐가 어려워, 응? 조사는 아무것도 아니야. 그, 조사란 게 말이야, 평소에 해두면 나중에 필요할 때가 나타나게 돼 있어. 쓸 데가! 하기야. 니들이 정보에 대해서 뭘 알겠냐?

김경규 (씩씩대며) 남의 마누라 빤스 개수나 세고 있는 게 정보야?

전경호 (비웃으며) 그런 것까지 다 알고 있는데, 모르는 게 뭐가 있겠냐? 시끄러운 소리 하지 말고, 돼지 열 마리 다 팔아서 대출금 당장 갚아!

이명자 안 돼요. 이 돼지는 우리 집의 유일한 희망이에요. 이걸 지금 다 팔아치우면, 우린 아무런 희망이 없어요. 게다가 이 새끼들은 아직 젖도 못 뗀 새끼들이라서, 어미가 없으면 금방 다 굶어 죽는다구요.

전경호 어쩔 수가 없습니다. 이게 다 마을을 위한 일들이에요. (최규호에게) 갑시다.

이명자 (바짓가랑이를 잡으며) 한 번만 살려주세요, 제발 좀 한 번만 살려주세요! (김경규에게) 여보, 얼른 잘못했다고 빌어, 얼른!

김경규 (울먹이며) 그만해!

이명자 한 번만 살려주세요, 제발 한 번만 살려주세요, 네?

최규호 (말리며) 봉만이 엄마, 이러지 말아요. 이사장님도 위에서 시킨 일이라 어쩔 수 없는 거예요.

이영수, 울부짖는 소리를 듣고 나타나서 이명자를 일으킨다.

이영수 이렇게, 마을 사람들을 다 못살게 하라고 위에서 시키던 가요?

전경호 지금이야 그렇게 보일지 모르지만, 미래를 위해서는 어쩔 수 없는 일이야.

이영수 무슨 미래요? 마을 사람들이 다 죽게 생겼는데, 뭔 미래가 있어요?

전경호 이런다고 굶어 죽지 않아.

이영수 꼭 굶어 죽어야만 죽는 겁니까? 희망이 사라지면 죽는 겁니다!

전경호 누가 삼류 시인 아니랄까 봐, 쯧쯧… 값싼 감정에 빠져서 사는 놈들하고 무슨 논쟁을 하겠냐? (최규호에게) 갑시다.

이명자 (울부짖으며) 그러면, 새끼 낳은 지 얼마 안 된 암퇘지라도 남겨주세요! 안 그러면 남은 새끼들 다 굶어 죽어요!

최규호 (전경호를 쫓아가며) 그렇게라도 해주시죠…

전경호 시끄러! 값싼 감정에 빠져 살면, 큰일을 할 수가 없어. 앞장서.

이명자 아이고, 이 일을 어쩌면 좋아…

봉만, 숨을 죽이며 보고 있다가 이명자를 부축한다.

김봉만　(울먹이며) 엄마…

김경규, 눈물을 삼키며 하늘만 쳐다본다.

대동원 앞.
마을 사람들이 모여서 한숨만 쉬고 있다.

심홍철　(한숨을 쉬며) 하, 나 참…

모 두　(한숨을 쉬며) 하, 나 참…

심홍철　정말 배추밭을 팔아야 하나?

김인석　아니, 이 사람아! 아직 속이 다 여물지도 않은 배추밭을 팔면 손해가 얼만데, 그걸 팔아?

심홍철　그럼… 어떡해요? 당장 갚을 돈이 없는데.

김인석　그래도, 그건 좀…

심홍철　게다가, 돌다방 김마담하고 그렇고 그런 사이라고, 우리 마누라한테 떠벌리기라도 했다간, 우리 마누라 성질에… 아우, 생각만 해도 끔찍해!

김인석　정말 그런 거 아니야?

심홍철　무슨 말 같지 않은 얘기에요? 내가 김마담하고 좀 놀았던 건 사실이지만, 궁둥이 좀 두드렸다고 그렇고 그런 사인가요?

김인석　거봐, 놀았네!

심홍철　그리고, 김마담하고 어디 나만 놀았습니까? 형님은 안 놀았어요?

김인석 이 사람이 갑자기 왜 나를 끌어들이고 그래! 내가 뭘? 그래, 내가 솔직하게, 김마담하고 손은 잡고 놀았어도, 나는 그냥 손이나 좀 주물렀지, 자네마냥 궁둥이를 두드리진 않았어.

심홍철 하, 나 참… 내가 본 게 있는데도 그런 소릴 하시네!

김인석 이 사람이 정말, 보긴 뭘 봤다는 거야?

심홍철 내가 엊그저께, 돌다방 창문을 (시늉하며) 요렇게 들여다보니까, 김마담 궁둥이를… (자신의 엉덩이를 치며) 응?

김인석 아, 이 사람아! 내가 언제 누구 궁둥이를 두드렸다는 거야?

심홍철 아, 뭐 좋아요! 지금 그게 중요한 건 아니니까!

김인석 뭐가 안 중요해!

심홍철 그래, 뭐 나만 그랬다고 쳐요! 근데… 이 말이라는 게… 퍼지기 시작하면, 사람 하나 병신 만드는 건 시간문제라니까요!

김인석 (돌아서며) 그럼 뭐, 가정을 지키기 위해선 배추밭을 파는 수밖에 없겠구먼.

심홍철 (혼잣말로) 하, 나 참…

꽈리박 나는 마누라가 남기고 간 금가락지, 금목걸이, 금팔찌 다 팔게 생겼어.

김인석 이 사람은 또 뭔 소리여. 아무리 그래도, 그걸 팔면 안 되지.

꽈리박 그렇지? 아무리 그래도, 마누라 유품은 절대 팔면 안 되겠지?

김인석 그걸 말이라고 해, 이 사람아! 절대로 팔면 안 되지.

배꼽네 해방촌 꼭지김씨는, 소 네 마리를 옛날 소 한 마리 값에 다 팔아 치워야 한대요!

막가네 옛날은 무슨… 작년만 하더라도 큰 소 한 마리에 2백만 원씩 했었는데, 갑자기 외국에서 소를 수입하는 바람에, 솟값이 똥값이 된 거지!

김인석 쉿, 그런 소리 함부로 하지 말어! (은밀하게) 그… 소를 수입한 사람이… 대통령 동생이라는 소리가 있어…

모 두 (놀라며) 네?

김인석 소를 수입하게 해주고, 수입업자들한테 돈을 수십 수백 억을 받아먹었대!

모 두 (놀라며) 세상에…

심홍철 (갑자기 한숨을 쉬며) 하, 나 참… 할 수 없이 배추밭을 팔아야지 방법이 없네!

모 두 하, 나 참…

제5장. 바보 안테나

마을금고 맞은편 건물 벽에 이상한 시 한 장이 붙어 있다.
마을 사람들이 둘러서서 그 시를 읽고 있다.
봉만과 친구들, 사람들 틈에 껴서 벽에 붙은 시를 본다.

김봉만 와, 시다! 시가 벽에 붙어있어!

간종팔 시가 벽에 붙어있어? 우와 진짜다! 국어책에 있는 시는 많이 봤는데, 벽에 붙어있는 시는 처음 본다!

김봉만 바보 안테나? (크게 웃으며) 이런 제목은 처음 봐.

조태봉 나도 처음 봐! (크게 웃으며) 시 제목이 바보 안테나래!

김봉만 (함께 웃고 나서) 우리, 같이 크게 읽어보자!

봉만과 친구들, 큰소리로 시를 읽는다.

중간중간 어른들한테 시끄럽다고 꾸중을 듣지만,

그에 아랑곳하지 않고, 서로 경쟁하듯이 번갈아가며, 계속 큰소리로 시를 읽는다.

바보 안테나

가식의 장막에 둘러싸여 아무것도 보지 못하는 불쌍한 눈이여

거짓의 속삭임에 속아서 진실의 말을 듣지 못하는 가엾은 귓구멍이여

철책으로 담벼락으로 나뭇가지로 어설프게 가리려 몸부림쳐 본들

장막을 넘어 거짓을 넘어 살며시 바람결에 실려 오는 진실의 향기만은 막지 못하네

불행을 불행인지 모르고 눈뜬장님으로 멀쩡한 귀머거리로 살게 하기 위해

시대의 안테나는 숲속 깊이 숨겨두고 삐죽이 엉성하게 뻗은 사악한 손으로

눈앞의 달콤함만을 수신하는 바보 안테나 박수치는 것만 보여주는 바보 안테나

바보 안테나는 바보를 만든다

숨기고 숨겨서 눈에 보이진 않지만 저 멀리서 들려오는 진실의 소리만은 감출 수 없다

우리를 위해 우리 스스로 쌓아가고 있는 금자탑인데

그 금자탑이 우리를 짓눌러서 옥죄어 오면 어떻게 계속 금자탑을 쌓아갈 수 있겠는가?

손바닥으로 태양을 가려도 언젠가는 손바닥을 뿌리치고 찬란한 태양이 비춰질 것이기에

태양을 가리는 손바닥의 실체가 무엇인지 알아야 뿌리칠 수 있을 것이요

우리를 그늘지게 만드는 것의 실체가 무엇인지 알아야 그늘을 걷어낼 수 있을 것이요

그것이 손바닥이든 그 무엇이든 손바닥 너머에 무엇이 있는지 알아야 살 것이다

손바닥에 가려 죽음을 맞이할 것인가 손바닥을 걷어내고 찬란한 태양을 맞이할 것인가

손바닥의 존재를 알아야 한다 가려진 진실이 무엇인지

알아야 한다

　우리를 바보로 만드는 게 무엇인지 알아야 한다 모르는 것은 죽음이요 아는 것은 삶이다

　아는 것은 아름답다 삶은 아름답다

　그 삶이 서툴고 소박할지라도 삶은 아름답다 그늘진 삶에 언젠가는 태양이 비추리니

심홍철　이게 뭐야?

최정배　뭐긴 뭐야. 시잖아, 시.

김인석　시?

심홍철　아! 이런 게, 시라는 거구나! 근데, 뭐라는 거야?

꽈리박　바보 안테나가 뭐야?

막가네　(대머리산을 보며) 저기, 우리 동네 안테나가 바보 안테나라는 거야?

배꼽네　안테나가 사람도 아닌데, 무슨 바보야!

최정배　그게, 바로 시에서 흔히 쓰는 비유법이라는 거야.

심홍철　비법!

막가네　하긴… 언젠가부터 저 안테나 때문에, 테레비가 한 방송밖에 안 나오잖아.

꽈리박　맞다! 그러고 보니까, 바보 안테나라는 게 맞는 말인 것 같네.

심홍철　그런데다가, 안테나 주변에 조림사업을 한 뒤로는 방송이 더 안 나오는 것 같애.

배꼽네   그래, 맞아요! 예전에는 다른 방송이 조금이라도 잡혀서 소리가 들렸는데, 요즘은 통 안 들려.

김봉만   와, 다 읽었다!

간종팔   휴… 시가 너무 길어!

조태봉   그래도, 우리가 끝까지 다 읽었다!

봉만과 친구들, 시를 다 읽고 근처에서 구슬치기를 하며 논다. 마을 사람들, 시를 읽고 저마다의 의견을 제시한다.

꽈리박   (시를 보며) 여기 이거는 도대체 뭔 말이야? "바보 안테나 는 바보를 만든다" 저거 왠지 우리를 놀리는 것 같아서 기분이 영 안 좋은데! 우리가 안테나 때문에 바보가 된 다는 얘기야?

최정배   옳거니, 제대로 봤네. 바로 그거야! 이 친구, 시를 좀 읽 을 줄 아는데?

꽈리박   (우쭐하며) 내가 이래 봬도 학교 다닐 때 문학 소년이었소.

막가네   그 정도 뜻은 누가 몰라? 난 처음 딱 봤을 때부터 기분 나쁘던데! 그럼, 나도 문학소녀야?

배꼽네   하하하하, 나도, 나도! 근데, 저 안테나가 우리한테 뭘 숨 기고 있다는 거야?

심홍철   손바닥으로 누가 뭘 가린다는 거야?

김인석   혹시, 저 바깥세상에 뭔 일 난 거 아냐?

꽈리박 에이, 바깥세상은 무슨… 여기가 무슨 감옥인가?

막가네 말이 났으니까 말이지, 마을 빙빙 둘러서 군부대 담벼락으로 둘러쳐 있으니, 여기가 감옥하고 다른 게 뭐가 있어!

심홍철 그래, 나가고 들어오려면 헌병초소에서 꼭 검문받아야 하고.

배꼽네 맞아요! 밤에는 헌병초소가 막혀 있어서 나가고 들어오기도 어렵잖아요.

최정배 이 사람들, 참! 보안대에서 들으면 어쩌려고 그런 소릴 함부로 해!

막가네 이것 봐! 하고 싶은 말도 맘대로 못하니, 이게 도대체 감옥하고 다를 게 뭐야!

꽈리박 이봐, 막가네! 자네는 하고 싶은 말 막 다 하고 살면서 뭘 그래!

최정배 어쨌거나 저쨌거나, 말조심해서 나쁠 건 없어!

심홍철 (김인석에게) 형님, 소장수한테 서울서 뭔 일 있는지 들은 거 없어요?

김인석 언뜻 들은 건데… 어디선가 학생들이 데모를 크게 한 것 같은데…?

모 두 데모를?

김인석 그런데, 군인들이 진압해서 별 탈 없이 잘 끝났다고 하던데.

배꼽네 그랬으면 다행이네.

어느새 이영수가 나타나서 벽에 붙어 있는 시를 살펴보고 있다가 말을 거든다.

이영수　뭐가 별 탈 없이 잘 끝났다고요?

배꼽네　어, 자네 언제 왔나?

이영수　좀 전에요. 근데, 뭐가 별 탈 없이 잘 끝났다는 거예요?

김인석　어디선가 학생들이 데모를 크게 했는데, 군인들이 잘 진압해서, 별 탈 없이 잘 끝났다고.

이영수　그래요? 이상하네?

김인석　뭐가 이상해?

이영수　아니, 제가 듣기로는 데모하던 사람들이 꽤 많이 죽었다고 하던데요?

심홍철　뭐? 아니, 그게 무슨 소리야?

배꼽네　자네는 그런 소릴 어디서 들었는데?

이영수　며칠 전에 라디오 안테나가 잠깐 잡혀서 언뜻 들었는데요, 로이터 통신에서 들으니까…

배꼽네　라이타?

막가네　아니, 놀이터!

꽈리박　아, 놀이터!

이영수　광주에서 데모하다가 사람이 많이 죽었다고 하던데요? 행방불명된 사람도 부지기수래요!

모 두　(놀라며) 그래?

배꼽네　근데, 왜 테레비 뉴스에서는 한 번도 안 나오는 거예요?

90

꽈리박	그러게. 그렇게 큰일이면 뉴스에 많이 나올 텐데?
막가네	에이, 자네가 잘못 들은 거겠지.
이영수	아니에요!
최정배	그런데, 우리 동네에 라디오가 안 나오는데… 어떻게 들었다는 거야?
이영수	사실, 제가 산에 다니면서 라디오 듣는 걸 정말 좋아하는데요… 이상하게 동네에만 내려오면 라디오가 안 잡히는 거예요!
김인석	그래서?
이영수	그래서… (은밀하게) 약초 캐러 내려오는 길에 왜 그런가 하고 저기, 안테나에 올라가서 이것저것 만졌거든요.
심홍철	그랬더니?
이영수	그랬더니 라디오가 제법 잘 나오더라고요!
김인석	그래? 이 사람이 진짜 기술자구만!
이영수	(웃으며) 기술자는요, 뭐. 그냥 이것저것 만져본 건데요. 아마 안테나를 제대로 만지면 텔레비전도 잘 나올 거 같은데요?
심홍철	정말?
김인석	그럼, 이장이 일부러 안테나를 조작해서, 일부러 방송을 잘 안 나오게 한다는 얘기야?
막가네	에이, 설마 그럴 리가…
꽈리박	이장이 뭐하러 그러겠어?
최정배	아니 그러면, 이사장이 시켜서 그랬다는 거야?

심홍철　그러게요… 세상에나…

꽈리박　이사장도 위에서 시키는 대로 한다는 거 보니까, 뭔 지시가 내려와서 그런 건 맞는가 본데?

김인석　그래, 맞아. (최정배에게) 그게 뭘까요?

최정배　글쎄, 그… 뭔가 큰일이 일어난 게 분명한데… 그것이 알려지면 큰 문제가 생길 거 같으니까, 아예 원천봉쇄를 했다는 얘긴데…

모　두　원천봉쇄?

심홍철　네? 그렇다면 정말 큰일이 일어난 거예요?

꽈리박　북한이 쳐들어 왔나?

막가네　아이고, 이 사람아! 저 너머가 북한인데, 그렇다면 우리가 제일 먼저 알지.

배꼽네　그러게 말이야, 그건 말도 안 되지.

꽈리박　그럼, 도대체 뭔 일이 난 거지?

이영수　저… 마을금고 전 이사장이었던 이세호 씨 말이에요…

꽈리박　이 와중에 갑자기 행방불명된 사람 얘기는 왜 꺼내는 거야?

이영수　그분에 대한 조사는 어떻게 마무리된 거예요?

꽈리박　그야 다 알다시피…

배꼽네　원인불명!

막가네　행방불명!

꽈리박　미결사건으로 처리됐지.

막가네　아, 왜?

이영수 아니… 너무 빨리 미결사건으로 처리한 것 같아서요. 보통 행방불명 사건은 몇 년씩 꾸준히 수사를 해서, 정말로 못 찾아내면, 그때 가서 사건을 종결짓는 게 보통인데… 그렇게 빨리 미결로 처리한 걸 보면, 뭔가 이상하지 않아요?

김인석 얘기 들어보니까, 이세호 씨가 전처를 만나러 거기 간 거는 사실이라고 하대. 거기 버스터미널에서 그 사람을 봤다는 사람들이 있었대.

이영수 그래요? 거기 버스터미널이 어딘데요?

김인석 그게… 전라도 광주 터미널이라고 했지, 아마?

모 두 광주?

이영수 네? 광주요? 그 시기가 언제였는데요?

김인석 그야, 뭐, 저… 5월 중순쯤이라고 했지, 아마?

이영수 그래요? 5월이라… 5월 중순쯤… 광주에 갔는데, 행방불명이 되었다… 그런데… 미결로 서둘러 사건을 종결했다…

최정배 왜? 뭐 짚이는 거라도 있나?

이영수 (은밀하게) 제가 로이터 통신에서 들었을 때, 바로 그맘때 광주에서 큰 데모가 있었는데 계엄령이 선포돼서 난리가 났었다고 하더라고요.

모 두 계엄령?

심홍철 근데, 왜 우리는 아무것도 모르고 있었지?

최정배 그야, 그맘때쯤 안테나 공사하느라고, 텔레비전이고 라디오고 하나도 안 잡혀서, 바깥세상 돌아가는 상황을 전혀 알 수가 없었지.

심홍철 근데, 이세호 씨는 거기 가서 왜 사라진 거야?

이영수 (은밀하게) 거기에서 데모하던 사람들이 많이 죽었대요.

모 두 응?

이영수 그리고, 데모하고 아무 관계 없는 사람들도 실종되고 죽은 사람들이 어마어마하다는 말이 있어요.

모 두 응?

김인석 그래? 저런, 저런! 이 말이 사실이라면, 정말 엄청난 일이 일어난 거로구만!

심홍철 그럼, 이 일을 어쩌나?

최정배 뭘 어째 이 사람아! 우린 그냥 이제껏 살아온 대로, 그냥 모른 척하면 되는 거야. 괜히 확인도 안 된 사실을 떠벌렸다간, 우리까지 보안대에 끌려가서 큰일 당할 수 있어.

김인석 맞아요, 나라에서도 쉬쉬하고 있는 걸, 괜히 우리가 떠벌렸다간 정말 큰일 난다고!

최정배 그러니까, 우린 그냥 잠자코 있자고.

모두, 뭔지 모를 공포감에 사로잡혀 서로 눈치만 보면서 한동안 말없이 앉아 있다.

심홍철 근데, 이 시는 누가 썼을까요?

94

모두가 이영수를 쳐다본다.

이영수 (황당하다는 표정을 지으며) 제가, 왜요? 미쳤어요? 제가 이런 걸 왜 써서 붙여놔요.

막가네 누가 뭐라고 했나? 도둑이 제 발 저리다고 괜히 난리네?

이영수 모두 절 쳐다보면서 의심하셨잖아요. 저 시의 정서는 제가 쓰는 시의 정서와는 많이 다르다고요! 전 주로 자연에서 사색하는 시를 많이 쓰는데 저 시는 사회 참여적인 정서가 강하잖아요.

막가네 아니, 누가 뭐라고 했냐고?

이영수 자꾸 의심스러운 눈으로 쳐다보시니까…

심흥철 자네가 전에, 사람 사는 세상을 알아야 진정으로 좋은 시를 쓸 수 있다나 뭐래나 하지 않았나?

배꼽네 아니, 지금 상황에 시를 누가 썼느냐가 뭔 상관이야! 우리가 당장 다 죽게 생긴 마당에…

몇 몇 그러게 말이야!

김인석 (시를 쳐다보다가) 가만있어봐! 저 구절 좀 봐봐!

꽈리박 (시를 쳐다보며) 어디?

김인석 (손으로 짚으며) 저기 말이야.

"우리를 위해 우리 스스로 쌓아가고 있는 금자탑인데,
그 금자탑이 우리를 짓눌러서 옥죄어 오면
어떻게 계속 금자탑을 쌓아갈 수 있겠으며,
그렇게 쌓은 금자탑이 무슨 의미가 있겠는가?"

꽈리박 그게 뭐?

김인석 이런! 저게 꼭 우리 마을금고에 관한 얘기 같지 않아?

꽈리박 마을금고에서 금으로 무슨 탑을 쌓는다고?

김인석 이런, 무식하기는! 금으로 누가 탑을 쌓는대? 아까는 문학 소년이었다며! 형님이 얘기하셨던 비법도 몰라?

꽈리박 비법?

김인석 그래, 비법!

꽈리박 내가 학교 다닐 때는 그런 거 없었어!

김인석 없기는, 학교를 못 다녔겠지!

꽈리박 이런 젠장, 내가 국민학교도 못 나왔다고 놀리는 거야, 뭐야?

김인석 아, 그랬구나. 난 몰랐네.

최정배 그만들 해. 아닌 게 아니라, 여기서 얘기하는 금자탑이 우리 마을금고 얘기가 맞는 것 같아. 마을금고가 마을 사람들 돈을 모아서 만들었고, 마을의 발전을 위해서 만든 건데, 지금은 오히려 마을을 다 죽이고 있잖아. 마을 사람들을 다 죽여서 쌓아 올린 금자탑이 무슨 의미가 있겠나?

꽈리박 맞아, 듣고 보니 그런 거 같네! 내가 처음 이 구절을 봤을 때 기분이 더럽더니, 딱 그 느낌 때문이었구만!

김인석 (최정배에게) 그럼! 형님 말처럼 마을금고 이사장이 단기간에 너무 강압적으로 밀어붙이는 건, 우리 마을 사람들을 다 죽이는 거라고!

막가네 아유, 맞아요! 이게 다 마을을 위한 일이라는데… 마을 사람들 다 죽게 생겼는데, 그게 무슨 마을을 위한 일이라는 건지!

심흥철 요즘 권력에 눈이 멀어서 뵈는 게 없다니까요!

배꼽네 아이고, 그래요! 갑자기 이렇게 몰아붙이는 게 뭔가 노리는 게 있는 거 같기도 하구요…

이영수 이렇게 국가적으로 유가 급등과 솟값 폭락으로 살기가 어려워진 상황에서는 대출이자를 낮추고 대출금 회수를 늦춰줄 방법을 찾아주는 게 상식적으로 맞는 겁니다.

모 두 맞아, 맞아!

심흥철 맞아, 마을금고 재정을 위해 마을 사람들을 다 죽이면 그게, 다 무슨 소용이냐고?

김인석 그래, 이대로 그냥 물러설 문제가 아니야. 이대로 가다간 다 죽는다고!

배꼽네 맞아. 그 전에 어떻게든 막아야 해요!

막가네 그래, 안 그러면 다 죽어!

김인석 안테나까지 조작해서 뭔가를 기를 쓰고 숨기려는 거 보면, 이상한 게 한두 가지가 아니야!

최정배 너무 몰아가지 마!

김인석 그게 아니라니까요, 형님? (시를 가리키며) 여기 좀 보세요. "손바닥의 존재를 알아야 한다 가려진 진실이 무엇인지 알아야 한다

우리를 바보로 만드는 게 무엇인지 알아야 한다

모르는 것은 죽음이요, 아는 것은 삶이다"
여기서 뜻하는 게 뭐겠어요?

최정배 시는 그저 시고, 그 의미는 각자가 해석하기 나름인 거야.

김인석 형님, 아까 금자탑 얘기할 때랑 많이 틀리네요?

최정배 너무 몰아가는 것 같아서… 그럼, 자칫 우리 다 같이 위험해질 수 있어!

김인석 그렇다고… 계속 바보처럼 당하고만 살 순 없잖아요?

심홍철 그래요! 지금 우리가 아무것도 모르는 바보가 됐다는 건데, 이렇게 계속, 우리가 바보로만 살 순 없어요!

막가네 맞아, 맞아. 우린 바보가 아니야.

꽈리박 누가 바보야? 내가 왜 바보야?

배꼽네 자기가 바보인 줄도 모르고 사는 게 진짜 바보야.

꽈리박 그럼, 내가 진짜 바보라는 얘기야?

배꼽네 아유, 이제라도 알면 다행이네.

꽈리박 (울컥하며) 더 이상 바보로 살기 싫다! (큰 소리로) 당장 마을금고로 가서 따지자!

모 두 그래, 따지자!

마을 사람들, 꽈리박을 따라서 얼떨결에 갑자기 마을금고로 몰려간다.

꽈리박 (큰 소리로) 우린 더 이상 바보가 아니다. 바보 안테나가 바보다!

모 두　(얼떨결에) 바보다…

꽈리박　뭐야, 바보가 아니라니까…

모 두　(얼떨결에) 아니다…

최정배　바보가 아니다!

모 두　아하, 바보가 아니다!

마을 사람들, 마을금고 앞에서 너나 할 것 없이 구호를 외친다.
처음에는 중구난방으로 외치다가, 차츰 조리 있게 호흡을 맞춰
가며 구호를 외친다.

마을금고에 있던 전경호와 최규호가 놀라서 뛰쳐나온다.
마을 사람들이 구호를 외친다.

－ 대출금 조기 회수를 중단하라.

－ 대출금 강제 회수를 중단하라.

－ 대출이율을 낮추고 주민재산 강제 매각을 중단하라.

－ 대출금 회수를 늦춰라.

－ 마을금고 이사장 선출 방식을 주민 직접선거로 바꿔라.

－ 매일 한 방송만 보기 싫다. 다른 방송도 보여줘라.

－ 우리를 바보로 만드는 바보 안테나를 수리해라.

－ 마을 공용 안테나 관리권을 주민들한테 즉각 돌려달라.

최규호　(당황해서) 여기서 이러시면 안 돼요.

꽈리박　이장님은 마을 일 돌볼 생각은 안 하시고, 맨날 여기서

살다시피 하시네?

막가네   여기가 이장님 일턴가 보네요?

배꼽네   어떻게 된 게, 이장님을 마을회관에서는 통 볼 수가 없어요.

전경호   (위협적으로) 다들 돌아가세요, 돌아가요. 재수! 이리 와!

전재수   네, 아빠.

전경호   계속 이러시면 업무방해죄로 모두 연행할 겁니다.

김인석   이제, 이사장님이 경찰 행세까지 하시네요?

심홍철   나 참, 경찰처럼 직접 연행을 하시지 그러세요!

전경호   어허! 정말 이럴 거야, 이거?

최규호   이러다가 정말 큰일 나요.

전경호   좋은 말로 해선 안 되겠구만! 여기, 마을금고로 보안대 병력 출동시켜!

최정배   우리는 그저 함께 살 수 있는 방안을 마련해 달라는 겁니다. 지금, 국가적으로 모두가 살기 어려워진 상황이니만큼, 대출이자를 낮추고 대출금 회수를 유예할 방법을 찾아주세요!

전경호   그런 방법은 없습니다. 이 모두가 마을을 위한 일입니다.

김인석   마을 사람들 다 죽게 생겼는데, 이게 무슨 마을을 위한 일입니까?

전경호   지금은 어렵더라도, 나중에는 다 마을을 위한 일입니다.

심홍철   나중에 언제요? 마을 사람들 다 죽은 다음에요?

최정배   마을을 위해 만든 마을금고가 잘못된 정책으로, 마을 사람들을 다 죽이고 있어요! 대출금 회수를 늦춰주세요!

모 두   늦춰주세요! 늦춰줘요!

요란한 굉음과 함께 보안대 병력이 출동한다.

더욱더 흥분한 마을 사람들은 보안대 병력과 대치한다.

보안대 병력이 마을 사람들에게 자진 해산을 요구한다.

그럴수록 마을 사람들의 반발이 더욱더 거세진다.

보안대 병력이 마을 사람들을 강제 해산시키려 시도한다.

마을 사람들이 보안대 병력에게 사력을 다해 대항한다.

보안대 병력이 더욱더 강력하게 마을 사람들을 저지하며 강제 해산을 진행한다.

강제 해산 과정에서 마을 사람들이 처절하게 짓밟힌다.

이윽고 보안대 병력이 마을 사람들을 제압한 후 강제 해산을 완료한다.

마을금고 앞에 진을 치고 지키는 보안대원들.

보안대원, 시가 적힌 종이를 최규호에게 전한 후, 전경호에게 해산 완료를 보고한다.

최규호, 시가 적힌 종이를 전경호에게 넘긴다.

제6장. 어미돼지 살리기

전경호, 벽에 붙어있던 시를 손에 들고 뚫어지게 쳐다보며 중얼거린다.

최규호, 옆에서 지겨운지 중간중간 하품을 한다.

전경호, 시를 빠르게 읽어 내려간다.

가식의 장막에 둘러싸여 아무것도 보지 못하는 불쌍한 눈이여

거짓의 속삭임에 속아서 진실의 말을 듣지 못하는 가엾은 귓구멍이여

철책으로 담벼락으로 나뭇가지로 어설프게 가리려 몸부림쳐 본들

장막을 넘어 거짓을 넘어 살며시 바람결에 실려 오는 진실의 향기만은 막지 못하네

불행을 불행인지 모르고 눈 뜬 장님으로 멀쩡한 귀머거리로 살게 하기 위해

시대의 안테나는 숲속 깊이 숨겨두고

삐죽이 엉성하게 뻗은 사악한 손으로 눈앞의 달콤함만을 수신하는 바보 안테나

손바닥으로 태양을 가려도 언젠가는 손바닥을 뿌리치고 찬란한 태양이 비춰질 것이기에

태양을 가리는 손바닥의 실체가 무엇인지 알아야 뿌리

칠 수 있을 것이요

　우리를 그늘지게 만드는 것의 실체가 무엇인지 알아야 그늘을 걷어낼 수 있을 것이요

　그것이 손바닥이든 그 무엇이든 손바닥 너머에 무엇이 있는지 알아야 살 것이다

　손바닥에 가려 죽음을 맞이할 것인가 손바닥을 걷어내고 찬란한 태양을 맞이할 것인가

　손바닥의 존재를 알아야 한다 가려진 진실이 무엇인지 알아야 한다

　우리를 바보로 만드는 게 무엇인지 알아야 한다

　모르는 것은 죽음이요 아는 것은 삶이다 아는 것은 아름답다 삶은 아름답다

　그 삶이 서툴고 소박할지라도 삶은 아름답다

　그늘진 삶에 언젠가는 태양이 비추리니

최규호　누가 이런 시를 써서 여기에 붙여놨을까요?

전경호　그야, 뻔한 거 아냐?

최규호　뭐가요?

전경호　이런 촌동네에서, 이런 시를 쓸 수 있는 사람이 누구겠어?

최규호　그야…

전경호　그래, 바로 그놈이야. 당신 머릿속에 떠오르는 그놈! 그놈이 아니면, 이런 짓을 할 놈이 없어. 더 이상 일이 확대되기 전에, 강력하게 대출금을 회수해.

전경호의 대출금 강제 회수가 더욱더 빠르고 강경하게 전개 된다.

전경호는 마을을 다닐 때 무장한 보안대원들과 늘 함께 다닌다.

꼭지김씨 집.

소장수, 소를 끌고 간다.

꼭지김 (소를 따라가며) 내 소 내놔, 이 소도둑놈아!

소장수 누가 소도둑이라는 거요?

꼭지김 3년 키운 소 네 마리를 소 한 마리 값만 주고 가져가는 게 소도둑놈이지 뭐냐?

소장수 내가 뭐, 그러고 싶어서 그런 건가요? 어차피 나도 소 시 장에 가져가 봐야 제값 받고 팔기 힘들어요. 나도 미치 겠다고요!

꼭지김 (소를 끌어당기며) 그럼, 가져가지 말고, 도로 놓고 가, 인마!

소장수 (다시 끌어당기며) 어떻게 그래요, 이미 마을금고에 솟값 다 치렀는데!

꼭지김 (다시 끌어당기며) 내 솟값을 왜 마을금고에다가 줘, 인마!

소장수 (다시 끌어당기며) 마을금고에서 강제 매각하는 걸 산 건 데… 그럼, 어떡하라구요!

꼭지김 (다시 끌어당기며) 내 소를 왜, 니들 멋대로 팔고 사고 지랄 이냐고!

전경호가 눈짓을 하자, 보안대원들이 꼭지김씨를 제지한다.

꼭지김 (보안대원들에게) 니들은 뭔데, 나를 막고 지랄이야?

소장수 (소를 끌어당기며) 여튼, 오늘 한 마리 가져가고, 나중에 와 서 세 마리 가져갈 테니까, 그렇게 아셔요.

꼭지김 (보안대원들을 밀쳐내려 하며) 내 소 내놔라, 이놈들아! (소에 게) 누렁아!

보안대원들이 꼭지김씨를 다시 꼼짝못하게 제지한다.
그 사이, 소장수가 트럭에 소를 싣고 떠난다.

전경호 빚 갚느라 수고하셨소. 이제 웬만하면 소 키우지 마쇼. (최규호에게) 갑시다.

꼭지김 (울부짖으며) 내 소 내놔, 이 소도둑놈아!

심홍철의 배추밭.
심홍철이 배추밭의 풀을 뽑고 있다.
전경호, 다가온다.

심홍철 (배추를 헤쳐 보며) 배춧속이 꽉꽉 들어차는구나.

전경호 (배추를 들여다보며) 그러게! 야, 그놈 참 실하게 크네.

심홍철 뭡니까?

전경호 아, 이 밭, 3백만 원에 매각하고, 마을금고 대출금을 회수했소. 물론, 이 배춧값까지 다 포함한 거니까, 출하할 때까지 잘 키워야 됩니다.

심홍철 그게 무슨 말이야?

최규호 이 배추밭, 오늘 경매로 넘어가서 좋은 값에 잘 팔렸어.

심홍철 (전경호의 멱살을 잡으며) 왜 니 멋대로 내 밭을 팔아?

보안대원들이 심홍철을 뜯어말리고,
더 이상 전경호에게 다가가지 못하게 제지한다.

전경호 이제부터 이 밭은 당신 밭이 아니야. 그렇지만 배추를 출하할 때까지 잘 키우지 않으면 돈을 도로 뱉어내야 될 거야. 알아들었어? (최규호에게) 자, 갑시다. (떠난다)

심홍철 남의 밭을 왜 멋대로 니 멋대로 팔아!

봉만의 집으로 가는 길.

최규호 근데, 아까부터 손에 들고 있는 건 뭐예요?

전경호 (금가락지, 금목걸이, 금팔찌를 보여주며) 이거 내가 꽈리박씨한테 샀어요.

최규호 꽈리박씨한테요? 그럴 리가… 마누라 유품이라서 목숨보다 더 소중하게 여기는 건데…

전경호 그러잖아도, 순순히 줄 거 같지 않아서… 보안대원한테 장롱 속에 있는 거 몰래 가져오라 하고, 내가 대신 마을금고에 5십만 원 입금했소. 금값은 계속 오를 거라는 정보가 있으니까, 모아두면 꽤 쏠쏠할 거요. 이장도, 돈 있을 때 금 사둬요. 이래 봬도 내 정보는 아주 정확합니다.

최규호 금 살 돈이 어디 있나요? 애들 대학 보내기도 빠듯한데. 근데, 이사장님… 그렇게 남의 집에 들어가서 몰래 가져오는 건, 도둑질 아닌가요?

보안대 중사가 최규호의 어깨를 잡는다.

전경호 내가 마을금고에 5십만 원 입금시켰는데, 그게 무슨 도둑질이오? 그렇게 안 하면 순순히 줄 거 같애? 이게 다 마을을 위한 일인데, 왜 도둑질이야, 이게!

최규호 (겁먹으며) 아, 네… 맞는 말이시죠… 얼른 봉만이네로 돼지 잡으러 가시지요! (걸어가다가) 근데요, 돼지를 열 마리나 잡아서 어디다 쓰시려고 그러세요?

전경호 각 부대 대대장들한테 회식에 나눠주기로 했어.

최규호 열 마리면 2백만 원인데, 그 돈을 이사장님이 다 내시게요?

전경호 내가 미쳤어, 그걸 다 내게? 대대장들한테 다 받기로 했어. 우린 말이야, 그냥 잡아서 갖다주기만 하면 돼.

최규호 역시 수완이 대단하십니다!

전경호 이거 봐, 이거 봐. 내가 보안대에 근무했던 사람이야. 이 정도는 일도 아니야.

봉만의 집.

김경규와 이명자, 돼지에게 짬밥을 주며 울고 있다.

봉만, 새끼돼지들을 껴안고 울고 있다.

전경호 　자, 미리 약속한 대로 돼지 열 마리 잡으러 왔네.

이명자 　(울면서) 잠깐 기다려요! 이것만 마저 주고요. 마지막으로
　　　　 마음껏 먹게 해줘야죠.

전경호 　뭐 하러 그러세요? 소화도 시키기 전에 죽게 될 텐데, 괜
　　　　 히 내장 손질하기만 힘들게 만드네, 정말.

이명자 　(전경호의 멱살을 잡고 울부짖으며) 이런 짐승만도 못한 놈
　　　　 아! 니가 그러고도 사람이야? 말 못 하는 짐승이라고 듣
　　　　 지도 못하는 줄 알아? 어떻게, 짐승을 앞에 놓고 그런 말
　　　　 을 해, 이 짐승만도 못한 놈아!

최규호 　(뜯어말리며) 봉만 엄마, 이러지 말아요! 봉만 엄마 마음은
　　　　 알지만, 이러시면 안 돼요!

이명자 　(주저앉아서 울부짖으며) 이런 짐승만도 못한 놈들!

최규호 　왜, 나한테까지 그래요?

이명자 　(울부짖으며) 니놈도 똑같은 놈이야! 짐승만도 못한 놈이
　　　　 시키는 대로 다 하는 놈이잖아! 아이고, 우리 불쌍한 돼
　　　　 지들…

전경호 　(보안대원들에게) 우는 소리 듣기 싫다! 얼른 잡아!

보안대원들이 힘을 합쳐서 돼지를 한 마리씩 끌고 나간다.

108

돼지들이 놀라서 죽을 듯이 울부짖는다.

그 순간, 김경규가 갑자기 돼지를 끌고 가는 보안대원들에게
달려든다.

김경규   (울부짖으며) 이런 개만도 못한 놈들아! (전경호에게 달려가
         며) 니가 그러고도 사람이야!

         보안대원들, 김경규를 무자비하게 때리며 제압한다.
         이명자와 봉만, 놀라서 비명을 지른다.
         김경규, 탈진해서 쓰러진다.
         이명자와 봉만, 울면서 김경규를 부축한다.

전경호   (보안대원들에게) 그만하고, 돼지나 잡아.

         보안대원들이 돼지를 끌고 나간다.
         봉만, 놀라서 이명자 뒤로 숨는다.
         잠시 후, 총소리가 들린다.

전경호   (중사의 권총을 대원에게 건네주며) 에무16으로 쏘지 말고,
         권총으로 쏴. 에무16으로 쏘면, 돼지 대가리 다 날라가
         서 먹을 것도 없다.

이명자   (울부짖으며) 이 나쁜 놈들아! 돼지가 무슨 죄를 지었다고,
         돼지한테 총을 쏴대!

전경호 도끼로 때려잡는 것보다는 총으로 쏴서 잡는 게 돼지한
테 덜 고통스러울 겁니다. (보안대원들에게) 계속해!

보안대원들, 계속해서 돼지를 끌고 나간다.
계속해서 총소리가 들린다.
봉만, 공포에 질려서 부들부들 떤다.
이명자, 짐승처럼 울부짖는다.

이윽고 마지막 어미돼지의 차례가 되자, 봉만과 이명자, 더욱
더 울부짖는다.
새끼돼지들, 끌려가는 어미를 보며 죽을 듯이 울부짖는다.
이때, 약초를 캐러 갔던 이영수가 놀라서 뛰어온다.

이영수 (돼지를 끌고 가는 보안대원들을 막아서며) 멈춰요! 이게 도
대체 뭐 하는 짓입니까?

전경호 (웃으며) 제때 잘 나타났네! 보면 모르겠어? 대출금을 회
수하는 중이야. (보안대원들에게) 계속해!

보안대원들, 다시 어미돼지를 끌고 나가려 한다.

이영수 (다시 보안대원들을 막아서며) 멈추라고! 안돼! 안돼!

이영수, 보안대원들에게 양팔을 붙들린다.

이영수 (전경호에게) 적법한 절차에 의해서 대출금을 회수해야지, 이렇게 불법으로 강제 집행해도 되는 겁니까?

전경호 뭐가 불법이라는 거야? 돼지 열 마리 가져가고 대출금 2백만 원을 마을금고에 입금시키는 건데, 그게 왜 불법이야?

이영수 공개 매각을 하더라도 적법한 절차에 의해서 순차적으로 진행해야지, 이렇게 급박하게 강제 집행하는 건 엄연히 불법이죠!

전경호 불법 좋아하고 있네. 야, 돈을 빌렸으면 어떻게 해서라도 갚는 게 법이고 상식이야. (보안대원들에게) 계속해!

보안대원들, 다시 돼지를 끌고 나가려 한다.
봉만, 공포에 질려서 부들부들 떨다가 그들을 막아선다.

김봉만 잠깐만요! 이 어미돼지만은 살려주세요, 제발요!

전경호 넌 또 왜 그래? 비켜.

김봉만 (울부짖으며) 이 어미돼지가 죽으면, 저기 있는 새끼들도 다 죽는다구요. 아직 젖도 못 뗐다고요!

전경호 너도 니 애비처럼 혼나봐야 정신을 차리겠니? 얼른 비켜!

김봉만 (울부짖으며) 잠깐만요! (주머니에서 통장을 다급하게 꺼내서 보여주며) 저기요… 제가요… 내일 당장 이거 다 찾아서 드릴 테니까요, 어미돼지만은 살려주세요, 제발!

이명자 (울먹이며) 봉만아…

전경호, 봉만의 통장을 확인하고 놀란다.

전경호 (통장을 돌려주며) 그동안 저축을 꽤 많이 했네. 참 착한 어
린이로구나! (보안대원들에게) 어미돼지는 풀어줘.

어미돼지, 보안대원들이 풀어주자마자 새끼돼지들이 있는 돼
지우리로 뛰어 들어간다.
이명자, 봉만을 끌어안고 오열한다.

전경호 (보안대원들에게 눈짓하며) 잡아!

보안대원들이 갑자기 이영수에게 달려들어서 꼼짝 못 하게 제
압한다.

이영수 (저항하며) 뭐야, 놔요! 왜 이래! 나한테 왜 이러는 겁니까!

이명자 (놀라서) 아니, 우리 영수한테 왜 그래요?

김봉만 (놀라서) 삼촌!

전경호 니 삼촌이 나라에 큰 죄를 저질렀다.

이영수 내가 무슨 죄를 저질렀다는 겁니까?

전경호 (주머니에서 벽보를 꺼내서 보여주며) 이 불온한 시를 써서
벽에다 붙여놓고, 마을 사람들을 혼란에 빠뜨렸잖아!

이영수 그게 무슨 소리예요? 그건 내가 쓴 게 아니에요!

이명자 (놀라서) 우리 영수는 그런 시 안 써요. 우리 영수는 산에

다니면서 나무, 솔방울, 꽃, 바람, 풀벌레… 그런 것들만 쓴다구요.

전경호 옛날엔 그랬을지 모르지만, 요즘은 성향이 바뀌었다던데? 옛날엔 혼자서 산에 약초만 캐러 다니더니, 요즘은 마을 사람과 몰려다니면서 세상 돌아가는 얘기에 열변을 토한다고 하던데? 그리고, 산에 다닐 때는 꼭 라디오를 가지고 다니면서 불온한 방송을 청취한다고 하던데? (보안대원들에게 눈짓한다)

보안대원들이 이영수의 약초 가방을 뒤져서 라디오를 찾아낸다.

전경호 (라디오를 보며) 이거 봐. 응?

이영수 라디오는 산에 있을 때 심심해서 가지고 다녔던 겁니다.

전경호 여기는 군사지역이라서 산에서 라디오를 듣는 게 금지된 거 몰라? (보안대원들에게) 끌고 가!

이명자 아니… 그깟 라디오 좀 들었다고, 아무 죄도 없는 사람을 끌고 가요?

전경호 죄가 없다니요. (벽보를 보여주며) 이런 불온한 시를 써서 벽에다 붙여놓고, 마을을 혼란에 빠뜨렸다니까요!

이영수 그걸 내가 썼다는 증거가 어디 있습니까?

전경호, 보안대 중사에게서 원고 뭉치를 건네받아 즉시 바닥에 던진다.

전경호 이거 기억나?

이영수 (원고를 확인하고 놀라며) 내, 내 원고! 이게 어떻게?

전경호 내가 너에 대해서 알아보려고 이 벽보를 사진 찍어서 위에 올려보냈더니, 서울에서 국가정보요원들이 이 원고의 글씨체와 벽보의 글씨체가 같은 글씨체라며 직접 가지고 온 거야. 이래도 범죄를 부인하겠어?

이명자 그래! 설사 그게 우리 영수가 쓴 시라고 쳐도, 그게 뭐가 그리 큰 죕니까?

전경호 불온한 시를 써서 순진한 마을 사람들을 술렁이게 만들고 혼란에 빠트렸으니까, 큰 죄를 지은 겁니다. 그러므로, 특별한 교육을 받아야 정신을 차릴 겁니다. (보안대원들에게) 삼청교육대로 끌고 가!

이영수 (놀라며) 삼청교육대? 안 돼! 누나! 누나!

보안대원들, 이영수를 끌고 간다.

이명자, 끌려가는 이영수를 따라가며 울부짖는다.

이명자 영수야!

봉만, 보안대원들에게 끌려가는 이영수의 뒷모습을 멍하니 바라본다.

제7장. 아, 저축상!

마을금고 안, 뒤쪽의 공간.
최규호, 혼자 있는 전경호에게 허겁지겁 들어온다.

전경호 이번에, 서울에 있는 새마을운동 중앙본부에 가서는 말이야, 이영수를 간첩 사건으로 좀 더 크게 부풀려서 국가보호법으로 집어넣어야겠어! 그래야 내 입지가 강화되지.

최규호 간첩 사건이요? 그건 너무 억지 아닌가요?

전경호 뭐가 억지야? 산에서 라디오를 듣고 이런 문서를 동네에 붙이는 건, 간첩들이 하는 행동이잖아!

최규호 듣고 보니 그런 것도 같네요.

전경호 듣고 보니 그런 것 같으면 잡아 처넣을 수 있는 게 국가보호법이라는 거야.

최규호 국가⋯ 보호법! 저도⋯ 새마을운동 중앙본부로 데려가시는 거죠?

전경호 뭘 그렇게 걱정하는데? 걱정하지 마. 자, 우리 얼른 올라가서, 위에다 그렇게 보고하자고.

최규호 네, 더 열심히 충성하겠습니다!

봉만, 예금을 해약하러 마을금고로 들어온다.
이명자, 봉만을 따라 울면서 들어온다.

봉만, 고개를 떨구고 마을금고 미스김에게 통장을 내민다.

이명자 (울먹이며) 그게 어떻게 모은 돈인데, 그런 귀한 걸… (울음
을 터트린다)

미스김 봉만이 왔구나?

김봉만 이거, 해약해 주세요.

미스김 (놀라서) 뭐?

김봉만 해약해 달라고요.

미스김 (의아해하며) 봉만아, 내일이면 니가 그렇게 기다리던 저
축상 시상식이 열리는데, 이걸 왜 갑자기 해약해?

이명자 오늘 당장 대출금을 안 갚으면 어미돼지를 죽여서 팔겠
다는데, 그럼, 어떻게 하라는 겁니까…

마을금고 미스김이 마지못해 통장을 받으려는 찰나에
누군가 피투성이가 되어 마을금고로 뛰어 들어온다.
모두들, 깜짝 놀라서 그를 쳐다본다.
마을금고 미스김, 비명을 지른다.
피투성이가 되어 들어온 사람은 다름 아닌 이영수다.

미스김 (놀라서) 아악!

김봉만 (놀라서) 삼촌!

이명자 (놀라서) 영수야! (피가 흐르는 얼굴을 더듬으며) 이게 무슨
일이야! (소매로 피를 닦는다)

이영수, 대답 없이 가지고 온 보따리를 펼친다.

돈이 쏟아져 나온다.

모두 놀라서 쳐다본다.

이영수 누나! 전부터 시집 내려고 모았던 돈은 지난번에 서울 가서 원고와 함께 다 빼앗겼고, 이건 그 뒤부터 산에 다니면서 약초 캐서 모은 거라서 그리 많지는 않아. 이거 대출금 갚는 데에 보태서 써.

이영수, 마을금고 미스김 손에 있던 봉만의 통장을 빼앗아서 봉만에게 준다.

이영수 (통장을 주며) 이건 그냥 뒀다가, 내년에 중학교 갈 때 써. 그리고, 계속 저축 열심히 해야 돼. 고등학교 가고 대학교 가려면, 돈 진짜 많이 든다!

김봉만 알았어, 삼촌! (바닥에 떨어진 돈을 보며) 근데, 이 돈⋯ 삼촌 시집 내려고 다시 모은 돈이잖아!

이영수 괜찮아! 나중에 또 모으면 되지 뭐.

김봉만 삼촌!

봉만과 이영수, 격렬하게 끌어안는다.

무장한 보안대원들, 마을금고로 뛰어 들어온다.

영수, 급히 달아나려 한다.

봉만, 삼촌을 목놓아 부른다.
보안대 중사가 명령한다.

보안대   저 새끼 잡아!

보안대원들, 개머리판으로 이영수를 때린다.
이영수, 쓰러진다.

이명자   (보안대원들에게) 야, 이 나쁜 놈들아! 우리 영수한테 왜 이
래! 야, 이 나쁜 놈들아! 야, 이 나쁜 놈들…

보안대원들, 이명자를 밀쳐낸 후 이영수를 일으켜 세워 잡는다.
전경호, 모든 상황을 지켜보더니 다가온다.

전경호   (보안대원에게 화를 내며) 도대체 어떻게 된 거야?
보안대   삼청교육대로 가는 차에 실으려고 하는 순간에, 갑자기
도망쳤습니다.
전경호   (보안대원의 따귀를 때리며) 도대체 관리를 어떻게 하는 거
야! 아주 중요한 인물이니까, 똑바로 관리해. 알았어!
보안대   네, 알겠습니다! (보안대원들에게) 이 새끼, 끌고 가!

보안대원들, 이영수를 끌고 간다.

이영수   누나, 누나…

이명자   (따라 나가며) 영수야!

김봉만   (따라 나가며) 삼촌!

최규호, 바닥에 떨어진 돈을 주워서 마을금고 미스김에게 건넨다.

마을금고 미스김, 떨리는 손으로 돈을 센다.

전경호   얼마야?

미스김   (돈을 다 센 후에) 2십 만 백 원인데요…

최규호   그럼… 백 원은 봉만이한테 돌려줘. 단팥빵 사 먹게.

미스김   네…

미상국민학교 운동장.

추석맞이 마을운동회가 끝나고, 시상식이 열리고 있다.

최규호   여러분, 이것으로 추석맞이 운동회를 마치고, 저축상 시상식을 거행하겠습니다. 시상식에 앞서, 전경호 이사장님의 한 말씀을 듣겠습니다. 여러분, 큰 박수로 환영해 주시면 고맙겠습니다. (박수를 유도하려 노력한다)

소개와 함께 전경호가 단상으로 나오지만, 아무도 박수치지 않는다.

전경호, 겸연쩍어서 헛기침한 후에 말을 시작한다.

전경호 여러분들께서 잘 협조해 주신 덕분에, 최단기간에 마을 금고가 정상화되는 대기록을 세우게 됐습니다. 이에, 마을의 발전을 위해 애써주신 여러분께 진심으로 감사의 말씀을 드립니다.

전경호, 고개 숙여 인사한다. 아무도 반응하지 않는다.

전경호 나라 경제가 어려운 이 시기에 최단기간 마을금고가 정상화되는 대기록을 세움으로써, 다른 마을에 좋은 본보기가 됐습니다. 이에 힘입어, 제가 서울에 있는 새마을운동 중앙본부에 올라가서도, 우리 마을을 잊지 않을 것이며, 나라를 위해 계속 봉사하겠습니다. 그리고, 다시 한 번 여러분께 진심으로 감사의 말씀을 드리겠습니다. 감사합니다.

최규호, 아무도 반응하지 않는데도 혼자서 손뼉을 치며 환호한다.

심홍철 거기 가서 출세하려고, 우리를 그렇게 못살게 굴고 이용해 먹은 거구만!

최규호 (못 들은 척하며) 다음은, 새로 취임하시는 신임 이사장이

120

신, 최정배 이사장님의 취임 인사를 들어보겠습니다.

마을 사람들, 기대하면서도 무거운 마음으로 조용하다.

최정배　만장하신 미상리 주민 여러분, 이제 우리 마을에 더 이상 마을금고는 없습니다.

마을 사람들, 최정배의 얘기를 듣고 웅성거린다.

최정배　구시대적 방식으로 다소 주먹구구로 운영되었던 마을금고를 탈피하여, 새마을금고로 정식 인가를 받았습니다. 이제 우리 마을도 새마을금고로 정식 출발하게 되었습니다!

우레와 같은 박수가 터져 나온다.

최정배　새마을금고 시대를 맞이하여, 앞으로 진정으로 마을 사람들을 위한 새마을금고가 될 수 있도록 노력할 것이며, 이를 통하여 새로운 마을 건설에 이바지하는, 희망찬 새마을금고가 될 수 있도록 여러분과 함께 노력하겠습니다.

우레와 같은 기립박수가 터져 나온다.

최규호　자 그럼, 이제부터 저축상 시상식을 거행하겠습니다. 지금부터의 사회는 신임 이장이신 김인석 이장님의 사회로 진행하겠습니다. 저도 전경호 이사장님을 따라서 새마을운동 중앙본부로 올라가게 됐습니다. 저, 자주 놀러 오겠습니다. 그동안 감사했습니다. 고맙습니다. (싸늘한 반응에 당황하며) 신임 이장님을 모시겠습니다.

신임 이장 김인석, 조용히 연설을 시작한다.

김인석　여러분의 열렬한 성원에 힘입어, 최정배 이사장님과 함께 여러분이 직접 신임 이장으로 뽑아주신 김인석입니다. 앞으로, 최정배 이사장님과 함께 온 힘을 바쳐 마을의 발전을 위해 열심히 일하겠습니다. 고맙습니다.

우레와 같은 박수가 터져 나온다.

김인석　그럼, 지금부터 제1회 새마을금고 저축상 시상식을 거행하겠습니다. 제1회 새마을금고의 어린이 부문 저축상 수상자는, 미상국민학교 6학년 김! 봉! 만!

봉만, 우레와 같은 박수와 함께 단상 아래로 뛰어나온다.
전경호, 자리에서 일어난다.

전경호 재수야, 서울 가자!

전재수 네, 아빠. (봉만에게) 봉만아, 자치기 하러 올게!

봉만, 말없이 손을 흔든다.

최정배 저축상.

미상국민학교 6학년 김봉만.

위 어린이는 근검절약 정신으로 저축을 열심히 함으로써

타의 모범이 되었기에 이 상장을 수여함.

1980년 9월 24일 미상리새마을금고 이사장 최정배.

최정배, 봉만에게 상장을 수여하고 단상에서 내려온다.

봉만, 빈 단상 가운데로 뛰어 올라간다.

김봉만 (큰 소리로) 엄마, 아빠 나 저축상 탔어요!

마을 사람들 틈에서 눈물을 훔치고 있는 이명자의 얼굴이 보인다.

한쪽 옆에 허탈하게 앉아있는 김경규의 얼굴도 보인다.

멀리서 돼지들이 꿀꿀대는 소리가 들린다.

김봉만 (집을 향해) 어미돼지, 새끼돼지야! 나 저축상 탔다!

동물들도 봉만을 축하한다.

멀리 삼청교육대에서 핍박받으며 노동하는 삼촌이 보이는 듯
하다.

김봉만   (먼 하늘을 보며) 삼촌!

이영수   봉만아!

김봉만   나, 저축상 탔어!

봉만, 상장을 펼쳐서 하늘 높이 치켜든다.

모두가 봉만을 축하한다.

미상리에 빨간 노을이 내려앉는다.

– 막

미상리 미상번지

초판 1쇄 인쇄일   2025년 11월 20일
초판 1쇄 발행일   2025년 12월 3일

지 은 이   김진만
만 든 이   이정옥
만 든 곳   평민사
              서울시 은평구 수색로 340 〈202호〉
              전화 : 02) 375-8571   팩스 : 02) 375-8573
              http://blog.naver.com/pyung1976
              이메일   pyung1976@naver.com
등록번호   25100-2015-000102호
    ISBN   978-89-7115-896-8   03800
정   가   10,000원

"이 저서는 2025년 동양대학교 대학혁신지원사업 지원을 받아 수행된 연구임"